風呂上がりの一幕
「なんだったら膝枕しましょうか？」
染桂花
EIKA SUMIZOME
「厚意は遠慮なくいただく」
東京廃区の戦女三師団《トリスケリオン》
THE TRISKELION IN DESERTED CITY OF TOKYO
RESULT:02
2
THE TRISKELION IN DESERTED CITY OF TOKYO

椥辻可香
KAGA NAGITSUJI
淀屋橋朱鷺瑚
TOKIKO YODOYABASHI
「向山君たら、いきなり覗き?」
「さっさとドアを閉めろ!」

「最高のタイミングでドアを開けてしまいましたね、僕」
太秦薊
AZAMI UZUMASA
着替え中の一幕

自分の魔力が膨れ上がるのを感じたとき墨染は同時に胸を触られていることも感じた
「え？　これ……」
（なんという自然で滑らかな動き。完全に虚を突かれてしまった）
戦闘中の一幕

東京廃区の戦女三師団《トリスケリオン》2

舞阪 洸

ファンタジア文庫

2549

口絵・本文イラスト　きくらげ

CONTENTS

第1章

池袋で乾杯

1

ようやく秋も深まってきた十月初旬《しょじゅん》のある日、淀屋橋《よどやばし》小隊の六人は池袋《いけぶくろ》駅東口近くの駐《ちゅう》車《しゃ》場にいた。今日は全員が私服である。

烏丸《からすま》は濃紺《のうこん》のジーンズとTシャツに薄手《うすで》のジャケット、太秦《うずまさ》はお嬢様《じょうさま》っぽい、ひらひらとしたワンピース、柳辻は美少年が描かれた痛Tシャツに何かのアニメのロゴ入りジャンパーとチノパン、淀屋橋は何故《なぜ》かミリタリージャケット、墨染《すみぞめ》はどこかの学校の制服のような黒を基調としたブレザーとスカート、そして向山《こうやま》は黒いジーンズとシャツに革《かわ》のジャケット——といっても人工皮革《ひかく》だが——という出《い》で立ちだった。

向山はその服を通販《つうはん》で買ったらしいが、烏丸は、

「あたしと被《かぶ》りまくりだろ」

と文句を言っていた。

「僕、服とかよくわからないので無難な線でまとめました」

「無難な線でまとめた結果が、あたしと被るのかよ。あたしのファッションセンスがないってこと？」

などと、烏丸はなおも文句を言っていたが。

「ないわよね？」

「ないない」

「安心するほどない」

淀屋橋、太秦、墨染に後ろから撃《う》たれて黙《だま》り込んでしまうのだった。

六人は小隊休暇《きゆうか》をもらったので、今日はこうして池袋まで繰《く》り出してきたのである。

2

「池袋！」

椥辻可香《かが》討魔士長《とうましちよう》が叫《さけ》ぶと、周りを見回していた向山が感心した声で言った。

「人が多いですねぇ」

昔の池袋を知らない向山は感心しきりである。

「練馬《ねりま》区が壊滅《かいめつ》しても、池袋が今も聖地であることに変わりないですよう」

「それは、お前みたいな一部の特殊《とくしゆ》な人間にとってだけだろ、椥辻」

「次元振動《しんどう》が豊島《としま》区を直撃《ちよくげき》しなくてよかったですよう」

「聞いちゃいないな、こいつ」

「で。どこに行くの？」

と墨染が訊《き》いた。

「そんなの決まってますよう。まずは虎《とら》の罠《わな》とレモンブックスとアニメ井藤《いとう》とG《ゲー》マートを巡《めぐ》るんですよう」

「決まってるのはお前だけだ！」

すかさず烏丸がツッコむと、そうそう、と太秦も続いた。

「わたしたちはべつに同人ショップを巡る気なんかないんですけど」

「同人誌だけ売ってるわけじゃないですよう。アニメの円盤《えんばん》とかゲームとか、フィギュアとかCDとか、コミックスとかラノベとか、なんでも売ってますよう」

「そのラインナップを『なんでも』と言ってしまえるおまえの感性が理解できないわ」

「そうよねえ。それは『しか売ってない』と言うべきよねぇ」

「他《ほか》に何が要《い》るんですかぁ？」

「お洒落《しゃれ》な服とかお洒落なバッグとかお洒落なアクセとかお洒落な靴《くつ》とか、女子にはそういう物こそ必要でしょ」

「いや？　べつに必要じゃないけど？」

「だからあんたは女子じゃないって言われるの、烏丸」

「失敬だな。べつに女子は洒落た服を着て洒落た靴を履《は》かなきゃならない決まりがあるわけじゃないだろ」

「あるわけじゃないけど、言われなくてもそういう物を着て、そういう物を履くから女子なんじゃないの？」

「勝手に女子枠《わく》を決めるなよ」

「そうですよう。わたしは断固、烏丸曹長《そうちょう》を支持しますよう」

「お？　珍《めずら》しく栁辻がこっちについたな」

「この問題に限っては、わたしも烏丸曹長に一票を投じる」

「お！　墨染まで。っていうか、おまえ、今日、どうして制服着てるの？　それ、コスプレ衣装《いしょう》か？」

「これは以前に通っていた高校の制服」

「いいのか、そんなの着てて」

「どうして昔の高校の制服なんか着るんですかぁ？」

「このメンツで街に出るとなると、これがいちばん無難だから」

「なるほど。わかったようなわからないような」

墨染を見やって首を捻《ひね》っていた烏丸だが、やがて、まぁいいや、と顔を上げた。

「ともかく、これで三対一だな、太秦」

太秦が、はぁ、と小さくため息を吐《つ》いた。

「あんたたちって、ほんとにダメ女子ね。向山、あなたはどう思う？」

「え？　僕ですか。そうですねぇ」

少し考えた向山は、やがて顔を上げ、爽《さわ》やかな笑《え》みを浮《う》かべて応《こた》えた。

「女子らしい服を着るか着ないか、という問題の方向を、いっそ女子らしく服を着ないという方向にシフトするのはどうでしょう？」

「爽やかな笑顔でなに言ってんだ、こいつ!?」

「向山って、だんだん椥辻に毒されてきていない？」

「違《ちが》いますよう。わたしのは萌《も》え。向山春日《かすが》のは、ただのスケベですよう」

「おまえの浅ましい姿を萌えって言われてもな」

「はいはい、いつまでも駐車場で立ち話していても時間の無駄遣《むだづか》いだわ。とりあえずここを出て駅のほうへ向かいましょうか」

という淀屋橋の言葉に、六人は駐車場を出て歩き出す。

「しっかし、朱鷺瑚《ときこ》さんのミリタリールック、似合いすぎてて洒落になんないな」

と烏丸がぼやく。

「まぁ、周りからはミリオタ女子にしか見えないんだろうけど」

太秦が肩《かた》をすくめ、自嘲《じちょう》気味に笑った。

「ミリオタ女子かっこ巨乳《きよにゅう》かっこ閉じ、ね。すでに周りの注目を集めてるわよ」

「ああ、そうか。墨染の言いたいことがわかった！」

と烏丸が手を打った。

「それなら朱鷺瑚さんと親子に見えるっていう配慮《はいりよ》だな？」

「え？　いや違う。ぜんぜん違う」

墨染が焦《あせ》ったように右手をひらひらと振《ふ》ると、淀屋橋が額に青筋を浮かべながら微笑《ほほえ》みかけてきた。

「まぁあ、セッちゃんたら、なに戯言《たわごと》をほざいているのかしら？　首をねじ切るわよ？」

「間違《まちが》った！　姉妹《しまい》だ！　姉妹だよ！　そうだな、墨染!?」

「そう。姉妹」

「それにしては体型が違いすぎるけどな。主に胸部の高さとか臀部《でんぶ》の張り出し具合とか」

「相変わらず烏丸曹長が酷《ひど》くて泣ける」

「それより。どこへ行く、朱鷺瑚さん？」

と訊いてきた太秦を、烏丸が悔《くや》しそうに睨《ね》めつける。

(こいつがこういう恰好《かっこう》すると、お嬢様オーラを纏《まと》いやがるから、朱鷺瑚さんと並んでも引けを取らねえな)

「そうねぇ。カガちゃんと一緒《いっしょ》に同人ショップを回る組と、ザミちゃんと一緒にウインドウショッピングを楽しむ組に分かれましょうか?」

「朱鷺瑚さんはどうするの?」

と烏丸が訊くと。

「わたしはザミちゃんとウインドウショッピングかしらね」

「わたしは椥辻士長に従《つ》いていく」

「あたしも椥辻、墨染組へ混ざるかな。小洒落《こじゃれ》た店のウインドウショッピングより、マンガやラノベを漁《あさ》るほうがいいや。おまえはどうするんだ、向山?」

「僕ですか。そうですね。僕も十八禁同人誌を漁る組で」

「待てぇ! あたしはべつに十八禁同人誌を漁りに行くんじゃないぞ!」

「え? じゃあ、十八禁のコミックスやエロDVDを買うんですか?」

「そんな物も買わねえよ! あたしが買うのは一般《いっぱん》向けのマンガやラノベだ!」

「う〜〜ん」

「あれ？　どうかしたの、朱鷺瑚さん？」

「あの四人で同人ショップを回られるのが少し不安で。そう思わない、ザミちゃん」

「なるほど。少しというか、かなり不安ね」

「朱鷺瑚さんが何を言ってるかわからないですよう。どこが不安なんですかぁ!?」

「だって、十八禁同人誌を目の前にして興奮したカガちゃんが暴走を始めたとき、止める人間がいなくない？　セッちゃんは嗾《けしか》けそうだし、ケイちゃんは我関せずだろうし、向山君は一緒に暴走しそうだし」

ぶほっ、と烏丸が噴《ふ》き、ぐはっ、と向山が仰《の》け反《ぞ》った。

「相変わらず朱鷺瑚さんが酷いな」

「というわけで、セッちゃん、悪いけど、わたしも十八禁同人誌を漁りに行く組に加わることにするわ」

太秦が目を剝《む》いた。

「朱鷺瑚さんが日和《ひよ》った!?」

「人聞きの悪いことを言わないで、ザミちゃん。これは日和ったのではありません。あくまで、あの四人の暴走を止めるための監視《かんし》要員として従いていくだけよ？」

「信用されてないんだな、あたしたち。なぁ、墨染」

「このメンツなら、朱鷺瑚さんが不安になるのも無理はない」

「もしお店で騒動《そうどう》を起こしたりすれば。見張っている監察《かんさつ》部員が駆《か》けつけてくるかもしれないでしょう？」

「え？」

烏丸や太秦、墨染がぎくりと身を強《こわ》ばらせる。

「み……見張られてるの、あたしたち？」

「え？　見張るでしょう、普通《ふつう》は」

「そう……なのかしら」

「そうよ。だって向山君が一緒なのよ？　いま二師団《にしだん》で最重要人物でしょう？　なのに、護衛も見張りもつけないで彼を駐屯地《ちゅうとんち》の外に出すわけがないじゃない？」

「言われてみれば……」

と烏丸が難しい顔で頷《うなず》いた。

「朱鷺瑚さんは監察部の人間を見つけたのね」

「見つけてはいないわよ、ザミちゃん。でも、なんとなく視線は感じるわね」

「マジで⁉　あたしは全然、気づかなかったな」

「わたしの場合、最初から疑っていたから気がついたようなものね」

「で？　どうするの、朱鷺瑚さん？」

「どうもしないわよ？　せっかくの休暇《きゅうか》なのですもの、知らん顔で遊んで、ふつうに楽しんで、何事もなく駐屯地に戻《もど》ればいいの」

太秦が、そう、と言って軽く手を挙げた。

「わかったわ」

「セッちゃんもカガちゃんも、向山君も、いいわね？」

「わかりましたよう」

「了解《りょうかい》です」

「いいけど、そこに墨染の名前がないのはどうして？」

「言われなくても弁《わきま》えているからよ？　ねえ、ケイちゃん？」

「拙者《せっしゃ》、見ない振りは得意でござる」

「なんのキャラだよ」

「モットーは、長いものには巻かれろ。人生訓は、触《さわ》らぬ神に祟《たた》りなし」

「嫌《いや》な人生訓だな」

「さ、行くわよ。では、ザミちゃん、待ち合わせ場所を……」

「待ってよ、朱鷺瑚さん。一人だけ放《ほう》り出されたんじゃ堪《たま》らないわ。わたしも枷辻につき合うからさ。その代わり、同人ショップのあと、少しでいいから服や小物を見て回るのにつき合ってよ」

「わかったわ。じゃ、それで行きましょうか。カガちゃん、まずはあなたが先導して」

椥辻が意気込んで応えた。

「了解ですよう、朱鷺瑚さん。ではぁ、乙女《おとめ》ロード経由で、まずは虎《とら》の罠《わな》に向かって突撃《とつげき》ですよう！」

3

「しかし、よくもあれだけ大量に買ったわね、椥辻。宅配便で送った段ボール箱、結局、何箱になったのよ？」

太秦は呆《あき》れ気味に訊《き》いたのだが、椥辻はあっけらかんとした顔だ。

「寄ったお店で一箱ずつですから、四箱ですねぇ」

「アニメのBDにコミックス、ラノベ、ゲーム、そしてエロ同人誌。おまえ、今回の特別褒賞金《ほうしょうきん》を全部ぶっ込んだんじゃねえの？」

「全部はつぎ込んでませんねぇ。いくらわたしでも、そこまで見境なくはないですよう。

せいぜい八割ですねぇ」

「もうほとんど全部じゃねえか」

「枡辻士長の辞書には、貯金という単語もない」

「明日をも知れぬ儚《はかな》い我が身、せっせと貯《た》め込んだって、魔妖《まよう》に殺されたらなんの意味もないじゃないですかぁ。わたしは今の快楽に生きると決めたんですよう」

「おまえな、せっかくの休暇にテンションが下がるようなこと言うなよ」

「宵越《よいご》しの金は持たない。う〜ん、江戸《えど》っ子《こ》ですねぇ、わたし」

「ほざくな。おまえ、名古屋《なごや》の出だろう」

「そんな過去もありましたねぇ」

「適当なヤツだな」

「では、お次はわたしとザミちゃんのウインドウショッピングにつき合ってもらう番ね」

淀屋橋がそう言うと、烏丸が顔を歪《ゆが》めた。

「あたしゃ墨染には楽しめそうにないイベントだなぁ」

「いえ？　わたしやザミちゃんも、同人ショップでは楽しめなかったですけど？」

「まぁ、しようがないからつき合うけどさ」

烏丸が嫌そうな顔でそう言うと。

「だったら、烏丸も楽しめるお店に行きましょうか」

「はあ？　あたしが楽しめる店って、どこだよ、太秦？　まさか紳士《しんし》服《ふく》売り場とか言わないだろうな？」

「言わないわよ。ちゃんと女子向けのお店だから。黙《だま》って従《つ》いてきなさい」

「ん？　あぁ……でも、女子向けだったら向山に出番がないから可哀相《かわいそう》だな」

と烏丸が言うと、太秦はにんまりと笑った。

「そうでもないから面白《おもしろ》いのよ」

烏丸、椥辻、墨染、淀屋橋、向山が頭の上に「？」を浮《う》かべて首を捻《ひね》る。

「というわけで、まず最初に寄りたいお店があるんだけど、いいかしら、朱鷺瑚さん」

「ええ、いいわよ？」

「はい、じゃ、行くわよ」

太秦に先導されるがままに五人は駅ビルに入り、そして着いたお店は。

「こ、ここは！」

「ランジェリーショップじゃねえか！」

「なんという華《はな》やかさ。そしてなんという場違《ばちが》い感」

椥辻、烏丸、墨染は、驚《おどろ》きに目を見開いて感想を上《のぼ》した。

「なるほど、ここなら僕の出番もありますね」

「あるなよ！　どういう出番を確保するつもりだよ⁉」

「ほら、烏丸。あなた、いつもの色気のないスポーツブラみたいな物じゃなくて、たまにはこういうところで可愛《かわい》らしい下着を買ったらどう？」

と太秦が迫《せま》ると、烏丸は思い切り首を左右に振《ふ》った。

「ややや、無理無理。あたし、こういうところのは無理だって」

「何がどう無理なのよ？」

「絶対に似合わないって！　言ってて自分でもちょっと情け無いけど」

「着けてみたら意外と似合うかもしれないじゃないの」

「ないない、それはない」

「自分ではそう思っても、他人から見たらそうでもないかもよ？　ねえ、向山？」

「そうですね。きっと似合いますよ。あれとか」

「おまえは堂々と女子の下着を指さすんじゃねえ！」

「向こうのとか」

「視線を向けるな。指さなきゃいいってもんじゃねえ！　朱鷺瑚さんもなんか言ってやってよ……って、あれ？　朱鷺瑚さん？」

すでに淀屋橋はブラを熱心に品定め中だった。

「朱鷺瑚さん⁉」

「あ。ごめんなさい。わたし、その辺のお店にある国産品だと、ちょっとキツくて。こういう専門店のブラじゃないと入らないのよね」

ず～～ん。

烏丸、椥辻、墨染の三人は力なくうなだれた。三人の頭上にはどんよりとした雲が湧《わ》き上がっている。

「あ、向山君、手に取ったり頬《ほお》ずりしたりしたらダメよ？」

「し、しませんよ」

「わたし、ちょっと、これ、試着してくるわね」

淀屋橋は気に入ったブラを三つほど抱《かか》えて試着室の中に消えていった。

「いちいち試着なんかするのか」

と不思議そうな顔で烏丸が言うと、太秦が応《こた》えた。

「朱鷺瑚さんの場合、ちゃんと収まるかどうか確かめないといけないんじゃない？　輸入物のS、M、Lって、日本の物とはサイズが違《ちが》うしね」

「大変ですねぇ。わたしはカップ数さえ確かめれば試着なんか必要ないですよう」

「そもそもスポーツブラだから、カップ数を気にすることなんかない」

「言ってて寂《さび》しくならないの、烏丸曹長《そうちょう》？」

「おまえの胸ほど寂しくはないな」

「相変わらず烏丸曹長が酷《ひど》くて殺意を覚えるレベル」

「ほら、烏丸、貧乳同士で喧嘩《けんか》してないでさ、たまにはこういう可愛いのを着けてみたらどうなのよ」

飾《かざ》ってあるブラを手に取った太秦が、自分の胸に当ててみせる。

「え？　い、いや、あたしはべつに……」

「わたしが選んであげるから」

太秦、烏丸の手を取り、店の奥へと引きずっていく。

「ちょ、おま、いいって。どうせ似合わないし」

「似合うか似合わないかは着けてみないとわからないじゃない。で、サイズは？　カップ数は？」

「カ……カップ数は……ごにょごにょ」

「Bなのね？」

「大声で言うなよ！」

などと言い合いながら、烏丸を引き連れた太秦が店内を物色して歩く。

「わたしもたまにはこういう可愛いヤツを買ってみますかねぇ。アニメキャラがプリントされてるブラとかぱんつ以外のを」

栁辻も物色を始め、あとには墨染と向山が取り残された。

向山が左右にちらちらと視線を走らせながら歩き出す。

「向山春日、どこへ行く？」

「さすがにこういう店に男一人で取り残されると困るので、外で待っていようかと」

「なら、わたしもつき合う」

「え？　いいんですか？　墨染さんも選んでくればいいのでは？」

墨染は視線を逸《そ》らせ、ふっと自嘲《じちよう》の笑《え》みを浮かべた。

「わたしには、ああいう美麗《びれい》で派手なブラはまだ早い」

「そうなんですか？」

「勘違《かんちが》いしないでほしい。まだ、早いだけ。そのうち似合うようになる」

「え～？　僕は巨乳《きよにゆう》になった墨染さんは、なんか違う気がしますけど。スレンダーな体型の墨染さんとか烏丸さんには、控《ひか》えめなサイズこそ相応《ふさわ》しいと思うんですよ」

「なんという言葉の暴力」

墨染はガックリと肩《かた》を落とした。

「春日は、もう少し気配りというものを覚えるべき」

「あ、僕、失礼なこと言ってましたか？」

「とても失礼なことを言った」

「ごめんなさい」

「以後気をつけてくれればいい。それより、ああいうことは烏丸曹長には言わないほうがいい。殴《なぐ》り殺される」

「う。気をつけます」

「わたしも、この店ではすることがない。春日と一緒《いっしょ》に外で待つことにする」

4

二人は店を出て、自販機《じはんき》で飲み物を買って、休憩《きゅうけい》スペースのベンチに腰《こし》を下ろす。

冷たいアイスティーを一口飲んだ墨染は、ふぅ、とため息を吐《つ》いた。

「ああいう可愛い下着は目の毒」

「そうなんですか？」

「目の毒というか、心に毒」

「どういう意味です？」

「みんなには似合うのに自分は似合わないという事実が心を抉《えぐ》る」

「と言う割には、淡々《たんたん》としてますよね」

「騒《さわ》いでも泣いても事態が好転することはない。事実を事実として受け容《い》れるしかない」

「なんというか、墨染さんて、冷めているというか達観しているというか開き直っているというか。客観的に物事を見ていますよね」

「人格は幼少期の経験によって作られる。わたしは、わたしの過去があって、今こうなっているだけ」

「その言い方。いかにも墨染さんらしいですね。僕、好きですよ」

ぎくりと頭を引く墨染。

（い、言い方。言い方が好きと言っただけだから狼狽《うろた》えるな、桂花《けいか》）

「あれ？　どうかしましたか？」

「どうもしない。全然どうもしないから気にしないように」

「あ、はい……あの」

「何か？」

「墨染さん、先ほど、過去があって今こうなっていると言いましたよね。具体的には何があったんですか？」

「それは……言えない。あまり言いたくない」

「あ、僕、また余計なことを言っちゃいましたか？　何か特定の経験を念頭に置いているような話し方だったので気になってしまって」

「べつに怒《おこ》っているわけではないので気にしなくてもいい。ただ、あまり思い出したくはないことなので。他人に話をすると、どうしても思い出してしまう」

そう応える墨染の顔には、憂《うれ》いの色がはっきりと浮かび上がっていた。

(墨染さんが、こんなに感情を面《おもて》に出すなんて珍《めずら》しい。僕、本気で申し訳ないことを言っちゃったかな)

「ん？　わたしの顔に何かついている？」

「あ、ごめんなさい」

向山は慌《あわ》てて視線を逸らせた。

「ちょっと見惚《みと》れてしまいました」

「い、意味がわからない」

「あ、照れてます？　ちょっと可愛いですよ」

「だからそういうことを平気で口に上《のぼ》すのは控えるべき」

「すみません、根が正直者なので、思ったことをつい口にしてしまうんです」

（もしかして向山春日、かなりの女誑《たら》しなのでは）

「う～ん、でも、会話って難しいですよね。会話というか、コミュニケーションですか。思ったことを伝えないと、自分が何を考えているかわかってもらえない。でも、ストレートに伝えすぎると、衝突《しょうとつ》したり、相手を傷つけたりすることもあるわけで。淀屋橋小隊の皆《みな》さん、けっこうストレートに言い合ってますけど、そしてよく衝突してますけど、でも本気で喧嘩してるのは見たことないです」

「それぞれ性格が違いすぎるから、本気で衝突しないのかもしれない。あと、朱鷺瑚さんの存在が大きい。本気で喧嘩すると、あの人に本気で怒られるから、それは恐《こわ》い」

「たしかに。笑いながら凄《すご》まれると、かなり恐いですよね」

「朱鷺瑚さんは元々は警視庁のＳＰだったので格闘《かくとう》戦も超《ちょう》強い」

「え？　そうなんですか」

「そう。でも、あの人の怖《こわ》さはそういうところではないし、あの人の凄さもそういうところではない。あの人が恐いのは精神的に徹《こた》える叱《しか》り方をするところで、あの人の凄いのは、小隊のメンバーを家族のように扱《あつか》い、守ってくれるところ。だからみんな、朱鷺瑚さんに従《つ》いていく」

「へえぇ。理想的な上司ですねぇ」

「まぁ、だからこそ上層部とぶつかったり揉《も》めたり怒られたりするのだけど。でも、上層部と朱鷺瑚さんの意見が分かれたとき、わたしは朱鷺瑚さんに従いていくと思う。烏丸曹長も太秦曹長も椥辻士長も、たぶんそう」

「わたしがどうかしましたかぁ？」

という椥辻の声に顔を上げると、四人が店から出てこちらに向かって歩いてくるところだった。先頭を歩いてきた椥辻が、墨染と向山の前まで来て足を止めた。

「気に入ったのがあったので買っちゃいましたよう。少し高かったですけどねぇ。あとで見せてあげましょうかぁ、春日」

「ぜひ。どうせなら、椥辻さんが身に着けているところを見せてください」

「うわぁお、どストレートな要求が来ましたねぇ。でも、いいですよう、見せちゃいますよう、可愛《かわい》いブラとぱん」

ごす！

背後から淀屋橋が手刀を振《ふ》り下ろし、椥辻の脳天に突《つ》き刺《さ》さった。

「がふぅっっ」

「そういう公序良俗《こうじょりょうぞく》に反することは許しませんけど？」

　頭を押さえて椥辻がうずくまった。

「向山君も、巫山戯《ふざけ》たことばかり言っていると首をねじ切りますけど？」

「す、すみません」

「いやぁ、烏丸のブラとぱんつは見せてあげてもいいんじゃないかな。せっかく可愛いの買ったんだもの。ねえ、烏丸？」

　そう言って太秦がにんまり笑うと、烏丸は顔を赤くして、びし！　と彼女にツッコんだ。

「見せるか！　こんなの、寮《りょう》の部屋のタンスの引き出しの奥に封印《ふういん》だ！」

「じゃあ、なんで買ったのよ⁉」

「おまえに無理やり買わされたんだろうが！」

「あ、寮の部屋といえば」

「なんだ、墨染？」

「向山春日は、どこに住むのかな」

「あ？　それは……おい、まさか」

　烏丸が勢いよく振り返る。

「朱鷺瑚さん、なんか聞いてるの？」

「そういえば、何も聞いていなかったわね」

「迂闊《うかつ》すぎでしょ、朱鷺瑚さん」

「まさか寮の部屋で一緒に寝起《ねお》きするんじゃないわよね？」

「いや、さすがにそれはないだろ」

「べつにわたしは一緒でもいいですよう。そのほうが美味《おい》しいイベントが起きやすいですからねぇ。着替《きが》えを春日に覗《のぞ》かれるとか、逆に春日の着替えを覗くとか」

「そんな腐女子《ふじょし》的なイベントはお断りだな」

「そもそも、あの寮には男子用のトイレがないわよ？　いくらなんでもトイレが共用ってことはないでしょう？　どこかに向山君用の部屋が用意されるのかしらね」

「どうなのかな。上層部がそんな気の利《き》いたことをするかしら」

「わたしたちがここで考えててもしかたがないですよう。帰ればわかることですし、今は休暇《きゅうか》を楽しみましょうよう」

烏丸が、う、と呻《うめ》いて頭を引いた。

「どうかしましたかぁ？」

「おまえがあまりにも真っ当なことを言ったので驚《おどろ》いた」

「相変わらず烏丸曹長《そうちょう》は酷《ひど》いですねぇ」

「で。次はどこへ、朱鷺瑚さん？」

と墨染が訊《き》き、淀屋橋は、そうねぇ、と少し考える素振《そぶ》りを見せた。

「……ザミちゃん、アクセサリーか何かのお店を覗く？」

すると烏丸が怠《だる》そうに右手を挙げた。

「朱鷺瑚さぁん、あたし、下着売り場で太秦に引っ張り回されたんで、もう精神的にへろへろなんだけど。アクセはパスしていい？」

「わたしも思わぬ出費をしてしまいましたから、アクセサリーはパスしますよう。見るとほしくなっちゃうかもしれませんしねぇ」

「わたしもパスする。可愛い下着売り場も、煌《きら》びやかなアクセサリーショップも、豪華《ごうか》なドレス売り場も、わたしには猫《ねこ》に小判」

「そんなに卑下《ひげ》しなくてもいいのではない、ケイちゃん」

「べつに卑下しているわけではない。事実を事実として受け容れているだけ」

淀屋橋は思わず苦笑《くしよう》を浮《う》かべて、どうしよう？　と太秦を見やった。

「とりあえずお昼にする？　そのあとは……墨染が決めていいわよ。あなたならおかしなところを選ばないと思うから。烏丸と違《ちが》って」

「なんだとう⁉　どういう意味だ、こら⁉」

「あんたに任せてると、変なところ連れて行かれそうって意味だけど？」

「変なところって、どんなところだよ⁉」

「プロレスショーをやってる飲み屋とか、モデルガンの店とか、バイクショップとか、バッティングセンターとか」

「あたしを男子扱いするな！」

「それでも栁辻よりはマシだけどね」

「嬉《うれ》しくない比較《ひかく》だな」

「みんなが酷いですよう」

文句を垂れ流す栁辻をスルーして、淀屋橋は墨染に訊く。

「で、どうなの、ケイちゃん。どこか行きたいところはある？」

「サンシャイン60の展望台」

「あら。いいんじゃない？」

「ん、まぁ、いいかもね」

「おお、いいぞ」

「異論はありませんよう」

淀屋橋、太秦、烏丸、栁辻が次々と賛意を表したが、向山だけはきょとんとした顔だ。

「サンシャイン60って、なんですか？」

「東口にある超高層《ちょうこうそう》ビルのことよ。そこの展望台からは絶景が拝めるわよ？」

「わぁ、いいですね。行きましょう行きましょう」

「その前に、どこか適当なところに入ってお昼にしましょう。で、そのあとにサンシャイン60に向かうということで」

ということで、六人はデパートの上階で昼食を摂《と》り、それからサンシャイン60まで移動するのだった。

5

サンシャイン60の展望台に立ち、六人は眼下に広がる関東《かんとう》平野を見渡《みわた》した。

「これは凄い眺《なが》めですね！」

初めて見る光景に、向山は少し興奮気味だ。

「目に入る限りビルや家並みが続いてて、道があって、車が走ってる。いったいどれだけの人が住んでいるのかと思うと、ちょっと驚きですね」

「大災厄《さいやく》で人口が減ったとはいえ、東京だけでまだ一千万近くの人がいるわけだからな」

「千葉《ちば》や埼玉《さいたま》の一部もよく見えてるから、そちらも合わせれば千数百万よね」

「でも、西側には一部、人が住めないエリアがある」

「あ、そうか、廃区《はいく》があるんですね。そちらも見られます？」

「こっちで見られる」

墨染と向山が西側の窓へ向かったので、烏丸や太秦、淀屋橋、椥辻も従いていく。

「うわぁ、本当だ。何もない平らな土地がある」

「あそこが元の練馬区《ねりま》。次元振動《しんどう》で壊滅《かいめつ》した、今の廃区」

「僕はあそこに倒《たお》れていたんですね。そして皆さんに見つけてもらったんですね」

そんな向山の言葉に烏丸が反応した。

「どうした？　何か感傷的な物言いだな」

「あの日、皆さんに見つけてもらえなかったら、僕はどうなっていたんでしょう」

という向山の問いに、烏丸は返す言葉を探すが、結局、言葉は見つからず、曖昧《あいまい》な返答になった。

「死んでいたんでしょうか」

「いや、おまえは魔素《まそ》への耐性《たいせい》があるわけだから、そう簡単にゃ死なないだろ」

「いくら耐性があっても、飲まず食わずのままいれば、いずれ死にますよね」

「それまでにゃ誰《だれ》かが見つけてたさ。あの辺は第二師団の受け持ち地区だけど、あたしら、割と頻繁《ひんぱん》に廃区へ入っているからな」

「そうよ。わたしたちか、そうでなければ他《ほか》の部隊《チーム》が見つけていたわよ。だから、見つからなかったら、なんてこと考えるのは止《や》めておきなさい」

そう太秦が窘《たしな》めると。

「…………」

「ん？　どうした、向山？」

「……あれ？　なんだろう僕。悲しくないのに……というか、むしろ嬉しいのに、ちょっと泣けてきて……」

「嬉し泣きってか？　大げさなヤツだな」

と烏丸が呆《あき》れる。

「ああ、そうか。人間って嬉しくても泣けるものなんですね」

「だから。それが大げさだと」

「でも。僕がいずれ見つかったのだとしても。僕を見つけてくれたのが皆《みな》さんで、本当によかったと思っています」

「あたしら、べつにそんな大したことしたわけじゃないけどな。おまえがそう思うのなら、言葉でなく態度で示せ」

向山がいきなり烏丸に向かって突進《とつしん》した。そして両腕《りょううで》を彼女の背中に回し、熱烈《ねつれつ》なハグをする。

「ありがとうございました、烏丸さん！」

「ぬあ〜っ？　おっ、おまっ、いきなり何すんだ⁉」

烏丸を放した向山、今度は太秦に突進する。

「太秦さんも、ありがとうございました！」

「ちょおっ？」

「わたし！　最初に春日を見つけたのはわたし！」

栁辻が次は自分の番だとアピールする。

「ありがとうございました、栁辻さん！」

「むっひょ〜。これがハイリスク・ハイリターン！」

「イミフだな！」

「そして墨染さんも！」

「うむ、苦しゅうない、もっと強く抱《だ》け」

「おまえも調子に乗んなや！」

「最後になりましたが、淀屋橋さん！」

向山は、淀屋橋に向かって突進した。したのだが。淀屋橋は右手を前に伸《の》ばし。広げた掌《てのひら》で、がしっ、と向山の頭を摑《つか》んだ。

「向山君？」

「あ、あれっ？　淀屋橋さんっ？　なんですか!?　ここは、その豊満な胸で僕の感謝の気持ちを受け止めてくれるところではっ!?」

「ここがどこだかわかっている？」

淀屋橋はいつものように笑っているが、その笑《え》みはどこか引き攣《つ》っていて、笑顔なのにかなり恐《こわ》かった。頭を摑まれて突進を阻《はば》まれた向山は、逃《のが》れようとして体を引くが、淀屋橋の握力《あくりょく》は女子にしては大したもので、向山は逃《に》げられなかった。

「ここはサンシャイン60の展望台よね？　回りには大勢の人がいるわ。わたし、悪目立ちしないようにと、さんざん注意したわよね？」

「そ、そうでした」

「言うことを聞けないのなら、頭を握《にぎ》り潰《つぶ》しますけど？」

あくまで笑顔のまま――その割に、こめかみに血管が浮き出たりしていたが――淀屋橋は右手に力を込《こ》めた。

「ごっごめんなさい、もうしません、許してくださいっ！」

「わかればいいのですけど」

向山を解放した淀屋橋は、ゆっくりと首を巡《めぐ》らせ、息を呑《の》んで推移を見守っていた四人を睨《にら》みつけた。

「セッちゃん、ザミちゃん、カガちゃん、ケイちゃん」

四人は堪《たま》らず背筋を伸ばし、気をつけの姿勢を取った。

「はいぃ！　なんですか朱鷺瑚さん？」

「あなたたちにも悪目立ちしないようにと言ったはずよね？」

四人は勢いよく首を縦に振《ふ》る。

「言うことを聞けないのなら、首をねじ切りますけど？」

四人は激しく首を左右に振る。

「そんなに目立ちたいのなら、ここで脱《ぬ》げばいいのではない？　ねえ、セッちゃん」

「いやいやいや、それは勘弁《かんべん》して、朱鷺瑚さん」

「そうだ！　さっき買った可愛《かわい》い下着をここで試着してみたらどうかしら？」

「とてもいいこと思いついた的な極上《ごくじょう》の笑顔で何を言ってるの!?　それこそ悪目立ち以外の何ものでもないでしょっ！」

「そうね。これ以上目立っては困るものね」

淀屋橋が頷《うなず》くのを見て、烏丸はほっと胸を撫《な》で下ろしたのだが。

「下着試着の刑《けい》は寮《りょう》の部屋に戻《もど》ってからで許してあげます」

「え〜っっ⁉　結局、着るの⁉　マジで勘弁してよ」

「え？　寮に戻るのが待ちきれない？　今すぐここで着たい？　わかったわ、セッちゃん。手伝ってあげる」

「寮に戻ってからがいいです！」

「じゃあ、みんなでセッちゃんの可愛い下着姿を観賞してあげましょうね」

「どんな拷問《ごうもん》だよ。っていうか、どうしてあたしだけっ⁉」

「はい！　お任せください！」

「まぁあ？　向山君は何を言っているのかしら？」

「だって、僕も淀屋橋小隊の一員ですから、隊のミッションには漏《も》れなく参加しないと」

「向山君は、何を、言って、いるのか、しら？」

左の掌で右の拳《こぶし》を摑んだ淀屋橋が、ぽきり、ぽきりと指を鳴らした。

「戯《たわ》けたことを言っていると、首をねじ切りますけど？」

「あ……ええと、今回はご遠慮《えんりょ》させてもらいます」

「今回だけじゃなく、永遠に遠慮してろ！」

「ね、ねえ、朱鷺瑚さん、すっかり見物人に囲まれているんだけど」

という太秦の指摘《してき》に周りを覗《うかが》うと、なるほど、いつの間にか大勢の見物客が六人の周囲に集まってきていた。大道芸人のコントショーか何かと勘違《かんちが》いしたのだろうか、拍手《はくしゅ》をしたり指笛を鳴らしたりする者まで出る始末。

「て……撤収《てっしゅう》！　速《すみ》やかに撤収します！」

号令を下した淀屋橋が先頭を切ってエレベーターホールへと走り、慌《あわ》てて五人も彼女のあとを追った。

6

「は〜〜、恥《は》ずかしかった」

エレベーターを下り立った淀屋橋は、少し赤い顔で大きく息を吐《は》く。

「いや、その原因の何割かは朱鷺瑚さんの……」

淀屋橋にじろりと睨まれ、烏丸は続く言葉を呑み込んだ。

「で。このあとはどうするの、朱鷺瑚さん？」

顔を上げた朱鷺瑚は少し思案した後、

「もうチェックインできる時間だから、とりあえずホテルに入りましょうか。部屋で一服しながら、晩ご飯を食べるお店を探すとか」

と提案してきた。

「先に言っておきますけど、部屋割りはセッちゃんとザミちゃんがツイン、わたしとカガちゃんとケイちゃんがトリプル、向山君がツインのシングルユース。いいわね？」

「了解《りょうかい》ですよう」

「うう。やっぱり、僕は一人なんですね」

「当たり前だろ！」

「だけど朱鷺瑚さん、ツインのシングルユースなんて贅沢《ぜいたく》をしちゃっていいの？」

「いいのよ。ホテル代も師団持ちだから」

烏丸は、ええ!? と呆れたあと、感心した顔になった。

「珍《めず》しく太っ腹だな」

「このあいだのわたしたちの働きが、それだけ評価されたってことでしょうかねぇ」

「だといいんだけどな」

「じゃ、ホテルへ行くわよ」

「了解、朱鷺瑚さん！」

展望台を下り、そのままサンシャイン60を出た六人は、その日に泊《と》まるホテルを目指して街の雑踏《ざっとう》を歩き出した。

ところが、その日に泊まることになっていたホテルへと行ってみると、重大なアクシデントが発生していた。

「はいぃ？　ダブルブッキング⁉」

「申し訳ございません。当方の手違《てちが》いでツインの部屋が埋《う》まってしまっておりまして」

ホテルフロントの受付係は平謝りだ。

「代わりにデラックストリプルを二部屋、ご用意させて戴《いただ》きました。こちらのミスでございますので、料金はご予約を戴いたときの金額でけっこうでございます」

「ちょっと待ってもらえます？」

後ろに控《ひか》えていた五人との相談タイムが始まった。

「……というわけなのだけど、どうする？」

「デラックストリプルか。むしろ得したんじゃない？」

という太秦の言葉に、みんな頷くが。

「問題は向山が誰《だれ》か二人と同室になるってことだな」

椥辻が何か言いたそうにうずうずと体を動かしたが、淀屋橋がちらっと視線を向けると、結局、何も言わないまま引き下がった。

「そうねぇ。今さら他《ほか》のホテルを取るのも難しいでしょうし。ザミちゃんの言うとおり、デラックストリプルなら、むしろお得だし。ここは向山君と同室になるということに目を瞑《つぶ》っても、ここに泊まるという一択《たく》よね？」

すると、向山が情けない顔になる。

「僕との同室って、目を瞑らなきゃいけないようなことなんですか？」

「むしろお前が目を瞑れって感じだけどな」

「上手《うま》い。烏丸曹長《そうちょう》に座布団《ざぶとん》を一枚進呈《しんてい》」

「着替《きが》えとかお風呂《ふろ》とか、いろいろ困るわよね」

「あ、お風呂なら。たしか近くにスーパー銭湯があったはずよ？　みんなでそこへ行けばいいのではないかしら」

「あ、いいね。部屋の狭苦《せまくる》しいバスタブより、広々とした湯船で手足を伸ばしたい」

「となると、部屋割りは籤《くじ》引きかしら？」

太秦がそう言うと、椥辻が燃え上がった。

「引く！　かならず春日と同じ部屋に泊まる権利を引き当てる！」

「こいつ、なんで こんなに燃えてるんだよ」

「相変わらず椥辻士長が気持ち悪い」

「墨染一士が酷《ひど》いですよう」

「そうねぇ。それが公平かしらね？　ん～～」

淀屋橋は何かを考えていたが、やがて意を決したように顔を上げた。

「じゃあ、部屋割りは籤引きということで」

フロントまで戻ると、淀屋橋はデラックストリプル二部屋でＯＫだと伝える。

「では、こちらにご住所、お名前、ご連絡《れんらく》先をお願いいたします」

淀屋橋、宿泊《しゅくはく》カードに手早くそれらを記入する。

「お部屋は一四五五号室と一四五六号室になります」

受け取ったカードキーを持って五人の下《もと》へ戻った淀屋橋は、そのまま五人を引き連れ、ロビーの一角に陣取《じんど》った。

「向山君は一四五五室ね。あとの五人のうち二人が彼と同じ部屋になります」

「必ず引き当てますよう！」

「当たりだと思ってるのは椥辻だけだろ。あたしら的には、むしろ外れだろ」

「え～～。僕の存在って外れです？　烏丸さん、酷くないですか？」

「べつにお前が外れとは言わないよ。でも男子と同室じゃ、全然くつろげないだろ」

「そうよね。お風呂から出たあと、裸《はだか》のまんま女子トークとかできないものね」

「え？　太秦さん、いつもそんなことしてるんですか⁉」

「女子のお泊まり会の常識よ」

「だったら今回も是非《ぜひ》。僕のことなど気にせずに」

「気にするわ！」

「もちろん裸で女子トークは冗談《じょうだん》だけどね」

「え～？　冗談だったんですかぁ？　僕の脳裏《のうり》に築かれた楽園が消えていく」

向山が心底ガッカリしたという顔でぼやいた。

「おまえなぁ」

「向山がいたらくつろげないのはたしかよね」

「わたしは春日がいても問題なくくつろげますよう。くつろげない人は別の部屋に泊まるといいですよう。ってことで、わたしと春日の二人だけでお泊まり……」

がす！

淀屋橋のチョップが栁辻の脳天に食い込んだ。

「そんなこと許されるわけないでしょう？」

「ううう、朱鷺瑚さん、痛いですよう」

淀屋橋がノートの切れ端《はし》で作った籤を差し出した。

「はい、作ったわよ。誰から引く？」

「はいはい、わたし。まずはわたしが引きますよう。引き当てますよう」

「そんなに焦《あせ》らなくても。籤は最初に引いても最後に引いても当たる確率は同じ」

と墨染が揶揄《やゆ》したが、なんと椥辻は見事に一四五五室を引き当ててしまった。

「やったぁ！　これで春日と同室ですよう！」

「こいつ、本当に引きやがった」

「椥辻の執念《しゅうねん》が引きの弱さを覆《くつがえ》したというの⁉」

「確率は五分の二だから、驚《おどろ》くほどの数字ではない」

「しかし、こうなると」

そう言って烏丸が太秦を見やると、彼女も大きく頷《うなず》いた。

「そうね。こうなると、わたしや烏丸、墨染では無理よね」

「はい？　何が無理なんですか？」

「あなたと同室になって舞《ま》い上がった椥辻が暴走するのを、わたしや烏丸、墨染では抑《おさ》えられないっていうこと」

「ってことで、もう一人は籤を引くまでもなく決まったな」

「そうよね。あとの一人は朱鷺瑚さんしかいないわよね」

「みんながそれでいいならいいわよ？　いざとなったらカガちゃんをベッドに縛《しば》りつけて寝《ね》ればいいでしょうし」

「朱鷺瑚さんが鬼《おに》すぎますよう」

「よし、決まりだな。あたしと太秦、墨染が一四五六号室で、朱鷺瑚さんと椥辻と向山が一四五五号室だ」

7

デラックストリプルの部屋は広々としていた。並んだベッドもセミダブルと同じくらいの幅《はば》があって、寝心地《ねごこち》もよさそうだ。窓は大きく取ってあり。窓際《まどぎわ》には椅子《いす》とテーブルが置いてあり。大きな薄型《うすがた》テレビが壁《かべ》に掛《か》かっていて。バスとトイレは別々で、バスには洗い場も付いていた。窓際に立つと、池袋の繁華街《はんかがい》が眼下に見下ろせる。

「これはテンションが上がりますねぇ」

少しはしゃいだ様子で向山がそう言うと、それ以上のテンションで椥辻が応じた。

「上げ上げですよう」

窓際に立った二人が跳《と》びはねてはしゃいでいると、その背後から淀屋橋が冷ややかな声をかけてきた。

「向山君、あまりはしゃぎすぎないようにね？」

「あ、ええ、わかっています」

「カガちゃんも、わかっているわよね？　はしゃいで羽目を外しておかしな真似《まね》をしたら、ぐうパンチを脾《ひ》腹《ばら》に叩《たた》き込みますけど？」

「わ、わかってますよう。朱鷺瑚さんに思い切りお腹《なか》を殴《なぐ》られたら、内臓が破裂《はれつ》してしまいますよう」

「じゃ、一服がてら夕食のお店を探して、そのあとスーパー銭湯に出かけましょうか」

淀屋橋は自分の荷物の中からタブレットを取りだし、夕食を食べるお店を探し始めた。

「みんな、何か希望があるのかしら。カガちゃん、セッちゃんやザミちゃん、ケイちゃんを呼んできてくれる？」

「了解ですよう」

部屋を出た椥辻は、二、三分で戻《もど》ってきた。

「すぐに来るそうですよう」

引き続き淀屋橋が店を探していると、そのうちチャイムが鳴った。椥辻がドアを開け、烏丸、太秦、墨染を招き入れる。

すぐに女性陣《じん》でお店選びが始まり、向山は一人、蚊帳《かや》の外だった。あそこだ、ここだと大騒《おおさわ》ぎしていた割には、結局、最後は泊まっているホテルのディナーブッフェに落ち着いたようで、向山は苦笑いするしかない。

「食べ放題の魅力《みりょく》には勝てなかったということよね」

と淀屋橋が照れ笑いを浮《う》かべ。

「腹が破れるまで食べる」

墨染が覚悟《かくご》を吐露《とろ》し、それを烏丸が止《と》めた。

「止《や》めとけ」

「蟹《かに》が楽しみね」

と太秦が言うと、椥辻が乗ってきた。

「ローストビーフをおかずにローストビーフを食べますよう」

「止めとけ」

「まずはその前にスーパー銭湯よね？」

「サウナでたっぷりと汗《あせ》を流しておくべきだわ。食べ放題に備えて」

「よし、行くか、スーパー銭湯！」

「あ。先に言っておきますけど、向山君、銭湯は混浴ではありませんからね？」

「わかってます。僕は一人寂《さび》しく男湯に浸《つ》かります」

「スーパー銭湯だと、間違《まちが》えて男子更衣《こうい》室のドアを開けちゃった的なイベントは発生しそうもないですねぇ」

「だから間違えてないだろ、それ。明らかに狙《ねら》ってるだろ」

「間違いなんです。何が起きようと間違いで済ますのが正しいフラグなんです」

「どこのエロゲだ⁉」

「わざとだろうが敢《あ》えてだろうが、そんな巫山戯《ふざけ》た間違いを犯《おか》したら、裸に剝《む》いて手足を縛って冷水浴槽《よくそう》に沈《しず》めますけど？」

「ししし、しませんよう。街中のスーパー銭湯じゃ、したくてもできないですよう」

「したいのかよ！」

淀屋橋はにっこりと笑って言った。

「向山君も、おかしな真似をしないでね？」

「も、もちろん、しません」

「じゃ、行きましょうか、スーパーな銭湯に」

8

淀屋橋、烏丸、太秦、椥辻、墨染が、思い思いにお湯に浸かっている。お湯は白く濁《にご》っているが、温泉ではない。白濁《はくだく》しているのは入浴剤《にゅうよくざい》が入っているからだ。

「は〜、気ん持ちいい〜〜」

広々とした湯船に足を伸《の》ばし、肩《かた》までお湯に浸かった烏丸が蕩《とろ》けたような声を上げた。

「寮《りょう》の風呂《ふろ》は、あまり広くない上にいつも混雑してて、くつろげないからな〜」

「まだ時間が早いから空《す》いてるし。もう天国よね」

「昼間からお風呂に浸かって、間近で朱鷺瑚さんのおっぱいを観賞できるなんて、ほんと、天国ですよねぇ」

「いやだわ、カガちゃんたら。あまり巫山戯たこと言っていると、首を横に一回転させてお湯に漬《つ》け込みますけど？」

「いや、でも、このメンツでお風呂に入ったら、朱鷺瑚さんのおっぱいの他《ほか》に見る物なんかないじゃないですかぁ」

淀屋橋に向かって椥辻がそう抗議《こうぎ》すると、烏丸が眉《まゆ》を顰《ひそ》めた。

「む。事実そうかもしれないけど、おまえに言われると、すごく腹立つな」

「事実は時として人の胸を抉《えぐ》るほど残酷《ざんこく》なもの」

「たしかに墨染一士の胸は抉られていますねぇ」

「椥辻士長が酷《ひど》すぎる」

「そうだぞ、椥辻。他人様《ひとさま》の身体的欠陥《けっかん》を論《あげつら》うようなこと言うのは止めろ。墨染だって、好きで平らなわけじゃないんだからな」

「烏丸曹長《そうちょう》はもっと酷い」

「はいはい、そこ、喧嘩《けんか》しないの」

「金持ち喧嘩せずという朱鷺瑚さんの余裕《よゆう》が憎《にく》い」

「だよなぁ」

烏丸、お湯に浮かんだ淀屋橋の胸を見やりながら。

「朱鷺瑚さんの場合、金持ちっていうか、もう大富豪《だいふごう》だよな」

「そして椥辻士長は大腐豪《だいふごう》」

「もしくは大腐脳《だいふのう》ね」

「上手《うま》い！　太秦に座布団《ざぶとん》一枚！」

「相変わらずみんなが酷いですよう」

「しっかし、向山は今頃《いまごろ》、一人で寂しくお湯に浸かってるのか。ちょっと哀《あわ》れだな」

「それを言うなら、戦女三師団《トリスケリオン》に男は彼一人なんだから、それも寂しい話じゃない？」

「女子に囲まれて嬉《うれ》しそうだったけどな」

「でも、よくよく考えたら不思議な子よね」

と淀屋橋が宙を見上げながら言うと、太秦が、そうね、と応じた。

「廃区で生存してて、魔力《まりょく》があって、魔技補助《アシスト》が使える男子なんてね」

「おまけに裸《はだか》で埋《う》まってたんですからねぇ。事実はBLゲームより奇《き》なり」

「そこでBLゲームを持ち出すなよ」

「おまけに記憶喪失《きおくそうしつ》でしょ？　彼には何か重大な秘密がありそうよね？」

「秘密って、どんな？」

「さあ？」

「朱鷺瑚さんも適当な物言いだな」

ふふふ、と密《ひそ》やかに笑って淀屋橋がお湯の中から立ち上がった。彼女の白い肌《はだ》を大量のお湯が流れ落ちていく。

（凄《すご》いな。見上げるとおっぱいが邪魔《じゃま》して顔が見えない。どんだけ大きいんだよ）

羨《うらや》ましさと恨《うら》めしさと憧《あこが》れと賞賛の入り交じった複雑な顔で、烏丸は淀屋橋の肢体《したい》を見上げるのだった。

「さてと。わたしはサウナに行くわね」

「あ、わたしも行くわ」

「わたしも行くですよう」

「あたしはいいや」

「わたしもパスする」

淀屋橋、太秦、椥辻がサウナ室のほうへ歩み去って行くのを見送ると、烏丸は、なぁ、と隣《となり》の墨染に声をかける。

「墨染」

「なんでありますか、烏丸曹長殿《どの》」

「気持ち悪いから、そのしゃべり方は止《や》めろ」

「なんですかぁ、烏丸曹長〜〜？」

「……おまえ、今日はノリノリだな」

「久しぶりの休暇《きゅうか》なので、はっちゃけている」

「なのに態度も表情もいつもどおりなのが凄いな」

「表情筋が退化したのだと思う」

「平然とそういうこと言えるのも凄いわ。じゃあ、無理やりにでも笑ったらどうだ？」

「そう簡単に笑えないから困る。表情筋が退化して笑えない。笑えないからますます退化するという悪循環《あくじゅんかん》。これがデフレスパイラルというもの？」

「ちょっと違《ちが》うと思うが」

「で？　烏丸曹長は何を訊《き》こうとした？」

「ああ、そうだった。おまえ、向山のこと、どう思うよ？」

「どうとは？　好男子だとは思うが、そういうことを訊いているのではないよね？」

「あ～、つまり、さっき朱鷺瑚さんが言った『彼には秘密があるんじゃないか』って話」

「秘密の一つや二つ、誰《だれ》にもある。わたしにもあるし、烏丸曹長にだってあるはず。あの年頃《としごろ》の男子が、こっそりエロ雑誌を買うのはノーマル」

「え？　いや、買ったエロ雑誌の秘密の隠《かく》し場所とか、そういう話をしてるんじゃないんだけど？」

「わたしが気になるのは彼の暮らす場所」

と言われ、烏丸は、む、そうか、と小さく唸《うな》った。

「さすがに女子寮には入れない、と思う。では、彼はどこに住まうのか。一般職《いっぱんしょく》の男性はみな通勤している。男性用の宿舎はない。でも彼には自宅がない。となると、やはり駐屯《ちゅうとん》地《ち》の中に住まいを確保するしかない、と思う」

「前の官舎みたいなところにか」

「あんな豪華《ごうか》な官舎に春日一人を住まわせるのは、効率が悪すぎる。となると」

烏丸が、うげっ、と頭を引く。

「またわたしらと同居になるって言うのか!?」

「上層部が、というか、二師長《にしちょう》がどう考えるか次第《しだい》だとは思うけど、その可能性は高いのではないだろうか。むしろ、あの二師長なら、そう仕向けてくるような気がする」

「どうしてそう思う？」

「仮に向山春日の魔技補助《アシスト》が親しい者を相手にしたときほど効果が発揮されるとすれば、わたしたちと向山春日が今以上に仲良くなるのは二師長にとっていいこと。ただ、本当にそうなのかどうかはわからない。だから上層部は、それを確かめるためにも、わたしたちと向山を一緒《いっしょ》に住まわせようとするのではないだろうか」

「……的確な分析《ぶんせき》だな」

「そうなると、椥辻士長言うところの『美味《おい》しいイベント』が発生する確率が高くなるので期待したい」

烏丸が目を見開いた。

「え？　そこ？　そこを期待するの!?」

「年頃の男子と同居して、他に何を期待するというのか」

「おまえも腐《くさ》ってきてないか？」

「年頃の女子が男子を求め、年頃の男子が女子を求めるのは、至ってノーマル」

「まぁ、そうなんだろうけど。でも、あたしは面倒《めんどう》くさいのはご免《めん》だな」

「烏丸曹長は、やはり可愛《かわい》い女子を押し倒《たお》すほうが好み？」

「人を男子扱《あつか》いすんなや」

「わたしたちと向山春日がどうなるのかもそうだけど、わたしたちの小隊がどうなるのかということも、駐屯地に戻《もど》ってみないとわからない。だから、あれこれと考えても仕方がないと思う」

「見事な割り切り方だな」

「開き直っているだけかも」

「だとしても、大したもんだよ。もしかしたら、うちの小隊でおまえがいちばん度胸あるのかもしれないな。胸はないのにな」

「烏丸曹長が酷すぎて頭がぼ〜っとしてきた」

墨染がずるずると体を沈めていき、沈んだ頭の上にぶくぶくと泡《あわ》が浮《う》かんできた。

「お、おい、墨染？」

慌《あわ》てて墨染を引っ張り上げる。

「おまえ、のぼせてんじゃないか、これ⁉」

「そう……かもしれ……ない」

「すぐ出たほうがいい」

「立ち上がると……貧血のときみたいになって……倒れるかも」

「仕方ねぇなぁ」

烏丸、墨染の脇《わき》に右手を差し入れ、左手を膝《ひざ》の裏へ回し、そのまま彼女を抱《だ》きかかえて立ち上がる。

「なんであたしがおまえをお姫《ひめ》様抱っこしなきゃならないんだよ、もう」

「烏丸曹長の漢《おとこ》らしさに惚《ほ》れてしまいそう」

「うるせえ。黙《だま》ってろ」

浴槽《よくそう》から出ると、烏丸はシャワーのカランの下まで行って墨染を下ろす。

「水で冷やしたほうがいいだろ。ちょっと冷たいが我慢《がまん》しろよ」

烏丸は勢いよくシャワーの水を出し、墨染の火照《ほて》った頭や体にかけてやる。

「はぁ……気持ちがいい……」

「しっかし、おまえ、ほんと、ささやかだな」

「前言撤回《てっかい》。烏丸曹長に惚れることなど絶対にない。むしろ憎しみを覚える」

「それだけ減らず口を叩《たた》けるなら、もう大丈夫《だいじょうぶ》だな」

「もう大丈夫。ありがとう」

墨染がむくりと上体を起こす。

「これ以上、お湯に浸《つ》かるのは止《や》めておいたほうがよさそうだ。出るか、墨染」

「出る。出て、涼《すず》む」

二人は浴室を出ると、バスタオルを体に巻いたまま、更衣《こうい》室で扇風機《せんぷうき》に当たって涼んだ。

しばらくすると、淀屋橋、太秦、椥辻も浴室から出てきた。

「もう上がったの？　早いわね」

「いや、墨染が湯中《ゆあた》りしちゃったんでな」

「え？　大丈夫なの、ケイちゃん」

「大丈夫、朱鷺瑚さん。烏丸曹長が助けてくれた」

「ご苦労様だったわね、セッちゃん」

「湯中りで朦朧《もうろう》としたわたしを、烏丸曹長がお姫様抱っこで運んでくれた。その凜々《りり》しい姿に惚れてしまいそうになった。最終的に破談になったけど」

「意味がわからないけど……もう平気なの、ケイちゃん？」

「もう平気。心配をおかけしました」

「じゃあ、少し休んだら出ましょうか」

「せっかく入浴料金を払《はら》ったのだから、みんなはもっと温泉を楽しんでくればいい。わたしはロビーで涼んでいる」

「どうしようかしら？」

「本人が大丈夫って言ってるなら、大丈夫なんじゃ？　あたしはもう一回、浸かってくることにするわ」

「わたしも、もう少し浸かろうかな」

「わたしも浸かりますよう」

「そう？　じゃ、わたしももう少しだけ」

「了解《りょうかい》、朱鷺瑚さん」

「またあとでね」

淀屋橋以下、四人が浴室へと戻っていくのを見送ると、墨染はのろのろと立ち上がって、のろのろとバスタオルで体を拭《ふ》き、のろのろと下着を着けた。

制服を着た墨染は、ふらふらとした足取りで更衣室を出てロビーのほうへ歩いて行く。

するとそこのソファに手持ちぶさたなふうの向山がいた。

9

「早いね、向山春日」

「あ、墨染さん」

　向山がソファから立ち上がった。

「一人ですか？　他《ほか》の皆《みな》さんは？」

「まだ温泉を堪能《たんのう》中。わたしは湯中りしたので、一足先に上がった」

「え？　大丈夫なんですか？」

「まだ少しふらつくけど、もう平気」

「何か冷たい飲み物を買ってきましょうか？」

「春日は優《やさ》しい」

　ポシェットをまさぐった墨染、硬貨《こうか》を差し出す。

「冷たいミネラルウォーターをお願いする」

「あ、いいですよ。僕も少しお金持ってますから」

墨染が向山に向かって頭を下げた。

「ゴチになります」

墨染がソファに腰《こし》を下ろして待っていると、向山は自販機《じはんき》まで駆《か》け寄り、ミネラルウォーターのペットボトルを二本買って戻ってきた。

「はい、どうぞ。隣《となり》、いいですか？」

「ありがとう。問題ない。むしろ歓迎《かんげい》する」

「では、失礼して」

向山が墨染の隣に腰を下ろす。

墨染はペットボトルの水を一気に半分以上も飲み干した。

「少し脱水症状《だっすいしょうじょう》気味だったのかもしれない」

「足りなければ、僕のもどうぞ」

「まだ半分くらいあるからいい……と言おうと思ったが、これは春日と間接キッスをするチャンスだと思い直したので、いただくことにする」

「ははは。墨染さんて、面白《おもしろ》いですね」

向山が差し出したペットボトルを受け取った墨染が、ん？　と首を捻《ひね》る。

「面白みのないヤツと言われたことは何度もあるが、面白いと言われた経験はなかった。

これがわたしの初体験。初体験の相手が向山春日」

向山、ぷっ、と小さく噴《ふ》いた。

「そういうことを真面目《まじめ》な顔して言うところが面白いと思いますけど」

「春日に受けたならわたしも本望」

そう言って、墨染は向山のペットボトルの水を飲んだ。

「ふう。少し横になりたいかもしれない」

「僕のことは気にせずにどうぞ。なんだったら膝枕《ひざまくら》しましょうか？」

「厚意は遠慮《えんりょ》なくいただく」

そう応《こた》えた墨染は、両足をソファに乗せ、上体を倒してきた。

「えっ？　マジですか⁉」

驚《おどろ》く向山の膝の上に頭を乗せると、墨染は体側《たいそく》を下にして膝を曲げ、少し背を丸めた。

制服のスカートから覗《のぞ》く白い太腿《ふともも》が向山の目に眩《まぶ》しく映る。墨染は向山の太腿に頭を乗せたまま目を閉じた。しばらく向山は墨染の華奢《きやしや》な体と横顔を見下ろしていたが、そのうち我に返って、そっと彼女に声をかける。

「大丈夫です？　辛《つら》くありません？」

墨染が薄目《うすめ》を開けて向山を見上げた。

「大丈夫。かなり楽になった」

「なら、いいんですけど」

　墨染が、ふふ、と笑った。

「どうかしました？」

「こんなところを栁辻士長に見られたら『爆発《ばくはつ》しろ！』と言われそう」

　苦笑《くしょう》するしかない向山だが、すぐに笑《え》みを収めて訊《き》いてきた。

「墨染さん、一つ訊いてもいいですか？」

「何を訊きたい？　スリーサイズとかは秘密」

「あ、いえ、そういうのではなく。えっと」

　向山は言葉を探すように宙を睨《にら》んでいたが。

「このあいだ、烏丸さんにも訊いたんですけど。墨染さんは、どうして討魔《とうま》兵団に入ったんですか？」

「唐突《とうとつ》な質問。湯中りして横になっている女子に訊くことだろうか」

「烏丸さんにも同じようなことを言われましたけどね」

「で。烏丸曹長《そうちょう》はなんと言っていた？」

「あの人は『助けられるヒロインより、誰《だれ》かを助けるヒーローになりたい』というようなことを言ってました。烏丸さんらしくて格好いいなぁと思いました」

「たしかにそれは格好いい。でも、わたしには、そんな立派な動機はない」

「どういう動機からだったんです？」

「……友達がほしかったから、かな」

「え？　友達……ですか？」

「わたしはこんな性格だから、学校では友達が少なかった。というより、ほとんどいなかった。討魔兵団の討魔士は女子ばかりで、年齢《ねんれい》も近い。中学から大学までの一貫校《いっかんこう》にいるようなもの。それに討魔兵団に入れば、ただの同級生や先輩後輩《せんぱいこうはい》ではなく、仲間になれると思った。あるいは戦友に。同じ釜《かま》の飯を食べるというのに、わたしは憧《あこが》れていた。あと、給料がいいというのも魅力《みりょく》的だった」

「ああ、そうみたいですね。同年代の自衛官や警察官に比べれば給料が高いのだとか」

「借金がたくさんあると困るけど、お金はたくさんあっても困らない」

「ぷっ」

「笑われた……」

「いえ、なんというか、墨染さんらしい言い方だなと思って」

破顔した向山だったが、すぐに笑みを消し、真面目な顔になって言った。

「討魔兵団では友達ができたんですね」

「ただの友達ではない。助けたり助けられたりする戦友ができた。朱鷺瑚さんや烏丸曹長、太秦曹長、栂辻士長に出会えてよかったと思っている」

「願いが叶《かな》ったわけですか」

「叶った。だからわたしは今の境遇《きょうぐう》にかなり満足している」

「じゃあ、僕とも友達に、いえ、助けたり助けられたりする戦友になってくれますか？」

「これは異なことを言う。向山春日とは、もう助けたり助けられたりした。わたしと春日は……いや、わたしたちと春日は、かな、とっくに戦友だと思っている」

「ありがとうございます」

「⁇　礼を言われる意味がわからない」

「いえ、僕も友達がいなかったものですから。たぶん。だから、墨染さんたちに友達認定《にんてい》してもらえて嬉《うれ》しかったんですよ」

墨染は向山の太腿に頭を乗せたまま向山を見上げて言った。

「なら、ぼっち同士が友達になったわけだね」

そんな墨染を見下ろして、向山は頷《うなず》いた。

「そういうことになりますね」

二人は顔を見合わせ、ふふ、と笑う。

「ふう。少し喋《しゃべ》り疲《つか》れたかもしれない」

「ええ？　大して話していませんよ？」

「普段《ふだん》はあまり喋らないから、このくらいでも舌が疲れる」

「大変ですね」

「うん、大変」

大儀《たいぎ》そうにそう応えると、太秦は目を瞑《つぶ》り動かなくなった。そしてそのまま、すやすやと寝入《ねい》ってしまう。

（あらら、参ったな。というか、墨染さん、意外と大胆《だいたん》だな）

向山は寝入った墨染の横顔を見下ろしながら、くすくすと笑った。

（でも、本当に面白いな、墨染さん。面白いというか、楽しいというか、興味深いというか……可愛《かわい》いというか。けど、困ったな、これ。手の置き場所がないぞ。左手はともかく、右手を下ろすと墨染さんの体に触《ふ》れちゃうし。いや、触れてもいいのかな。むしろ触れるべき？）

などと、右手を彷徨《さまよ》わせながら向山が迷っていると。

「あ！　何やってんだ、おまえら！」

という烏丸の叫《さけ》び声が聞こえて向山が顔を上げると、烏丸を先頭に、淀屋橋、太秦、枷辻がこちらに向かって歩いてくるところだった。

「あらあら、お邪魔《じゃま》だったかしら？」

にこやかな顔でそんなことを言う淀屋橋だが、目は笑っていないのが少し恐《こわ》い。

「なんて羨《うらや》ましいことを！　まさか墨染一士が、こんな素敵《すてき》なフラグを立てるなんて思いませんでしたよう」

「これ、どちらが言い出したの？　まさか墨染が気を失ったのをいいことに何かよからぬことをしようと企《たくら》んだ……のではないわよね？」

「酷《ひど》いな、太秦さん。最初に冗談《じょうだん》で『膝枕しますか？』と言ったら、墨染さんが『厚意はいただく』的なことを言って、そのまま頭を乗せてきたんです」

「厚意はいただくって……墨染らしいといえばらしいけど」

「じゃあ、ケイちゃんと向山君はもう少し放置しておいて。わたしたちも何か冷たい物を飲んで一服しましょうか」

「うぃっす、了解《りょうかい》」

「いいなぁ、いいなぁ。わたしも春日に膝枕してもらいたいですよう。もしくは、朱鷺瑚さんに胸枕してもらいたいぃ」

「カガちゃんもセッちゃんも何を言っているのかしら？　一度、北枕になってみる？」

ぶるぶるぶる。

全身全霊《ぜんれい》で以《もつ》て首を横に振《ふ》る二人だった。

冷たい飲み物を飲んで扇風機《せんぷうき》の風に当たり、火照《ほて》った体を冷やす。そうして少し時間を潰《つぶ》していたが、やがて淀屋橋が、さて、と言って腕時計《うでどけい》を見た。

「そろそろホテルに戻《もど》ってディナーブッフェと行きたいわね」

「だね。起こすか」

烏丸が右手を伸《の》ばして墨染の体を揺《ゆ》さぶると、彼女はうっすらと目を開けた。

「……おはようございます」

「寝《ね》ぼけんな」

「あ……あぁ、そうだった」

墨染がむくりと上体を起こす。

「向山春日に膝枕してもらっていた。あまりに気持ちよくて寝入ってしまったらしい」

「墨染一士が羨ましいですよう」

悔《くや》しそうな顔の椥辻に向かって、墨染は、ふっふっふっ、と笑ってみせる。

「春日の膝枕は、とても寝心地《ねごこち》がよかった」

「墨染一士なんか爆散してしまえばいいのに！」

自分を睨みつける椥辻から視線を外すと、墨染は向山に向かって頭を下げた。

「寝心地のいい膝枕を貸していただき感謝する」

「ぷっ。あははは」

「また笑われた」

墨染が釈然《しゃくぜん》としない顔で首を捻《ひね》る。

「はいはい、じゃ、戻るわよ？」

上気した顔で淀屋橋が皆《みな》を促《うなが》すと、墨染はソファから下りて靴《くつ》を履《は》いた。

「よっしゃ、ブッフェで死ぬまで食うぞ！」

「死んだらそれ以上は食べられませんけどねぇ」

「ちょっとした喩《たと》えに、いちいち突《つ》っかかってくるなよ」

「セッちゃん」

「あ？　な、なに、朱鷺瑚さん？」

「食べ過ぎて妊婦《にんぷ》腹になった挙げ句、ぶっ倒《たお》れて病院に運ばれるとか、勘弁《かんべん》してね？」

「し、しないよ、そんなことは」

「わかっていればいいのよ？　じゃ、ホテルに戻って、ブッフェ会場に突撃《とつげき》ね」

「お～～！」

10

ホテルへ戻った六人は、ディナーブッフェで美味《おい》しい物を食べまくった。

「あ～、食った食った。これで元は取ったたな」

「元を取るとか取らないと言うのは心の貧しさが為《な》せる業《わざ》。太秦曹長なら、一皿食べるためだけにブッフェの料金を払《はら》う」

「ああ、そうだよ。あたしは根っからの貧乏性《びんぼうしょう》なんだよ。元を取らないと負けた気になるんだよ」

「開き直られた」

「いえいえ、墨染、さすがにわたしも一皿のために四千円は払わないけどね」

「ほらみろ！」

「とはいっても、元を取るために妊婦腹になるまで食べたりもしないけどね」

「そ、そこまで酷くはないだろ。ちょっとベルトを緩《ゆる》めたくらいだろ」

「ベルトを緩める時点で女子としてどうかという話」

「っていうか、烏丸曹長は食べ方がなってないんですよう」

　烏丸が怪訝《けげん》そうな顔を栂辻に向けた。

「はぁ？　どういうことだ、栂辻？」

　栂辻は、えへん、と胸を張る。

「お腹《なか》いっぱいになったら、もうそれ以上入らないじゃないですかぁ。ブッフェのこつは、値段が高くてかさばらない物を集中的に食べるってことですよう。具体的には蟹《かに》とかローストビーフとか蟹とかローストビーフとか。あと蟹とか」

「食べ過ぎだろ、蟹」

「ご飯物やパスタなんかはすぐにお腹が膨《ふく》れるから食べちゃダメなんですよう。甘エビや中トロに釣《つ》られて寿司《すし》に手を出すのもダメですよう。それもお腹が膨れますからねぇ」

「もっと貧乏性がいたわね」

「向山君はどうなの？　初めて駐屯地《ちゅうとんち》の外で食べたディナーの感想は？」

「美味しいです、淀屋橋さん！　食べ過ぎて、僕も妊婦腹になっちゃいそうです」

「おまえは男だから妊婦腹にはならないだろ」

「男の場合はメタボ腹と言うべき？」

と墨染が茶々を入れると、烏丸が眉《まゆ》を顰《ひそ》めた。

「どちらにせよ、嫌《いや》な腹だな」

「美味しいのならよかったわ。でも、食べ過ぎてお腹を壊《こわ》さないようにしてね」

「はい。胃袋《いぶくろ》がパンクする寸前で止めておきます」

「いや、もう少し手前で止まっておけよ」

「お腹を壊したらダメだけど、外で食事する機会なんてそうそうないから、ゆっくり味わって、堪能《たんのう》してね」

「はい」

「みんなもね。次に休暇《きゅうか》を取れるのなんて、いつになるかわからないわよ？」

「だよな～」

「戻ったら、こき使われそうだしね」

「馬車馬の如《ごと》く鞭打《むちう》たれて走らされるんですよう」

「あ～、もう戻ったらなんて考えるの、止《や》めだ止め。今は美味《うま》い食事に集中しようぜ」

「烏丸曹長《そうちょう》に一票」

「珍《めずら》しいわね、墨染が烏丸に賛同するなんて」

「そんなことはない。いいと思えば誰《だれ》にだって賛同する。ただし椥辻士長は除く」

「墨染一士が酷すぎるですよう」

わいわいがやがやと楽しい食事は進んでいく。

（ふふふ、楽しいな。食事は美味しいし、楽しいし。それはきっと淀屋橋小隊のみんなと食べているからなんだろうな。この人たちに助けられて本当によかった）

向山はテーブルの上に並んだ空の皿を見ながら、満足感に浸《ひた》っていた。

11

翌日——。

朝食を食べ終えると、淀屋橋たちはチェックアウトを済ませた。

地下駐車場《ちゆうしや》に停《と》めてあったワンボックスカー——七人乗りだから全員が乗車できた——に乗り込むと、烏丸の運転で、七人は江古田《えごた》の森《もり》駐屯地へ戻っていった。

戻った自分たちにどんな任務が待っているのか。

どんな未来が待っているのか。

それを思うと緊張《きんちょう》するし、少し不安にもなる。

車内では珍しく誰もが無口だった。

やがて車は駐屯地に着いた。

「やれやれ。ここから先はいつもの毎日が待ってるわけか」

「いつもの毎日よりも、これからの毎日のほうがハードになるかもだけどね」

「嫌なフラグを立てるなよ」

ぶつぶつと文句を言いながら、烏丸は入り口のゲート前で車を停止させた。

第2章。これが新居《オー・マイ・スイート・ホーム》だ

1

戦女三師団《トリスケリオン》第二師団長、二乃瀬《にのせ》大佐《たいさ》の執務室《しつむ》の開け放したドアの向こうで声がした。

「失礼いたします、大佐」

書類に目を落としていた軍務服姿の二乃瀬が顔を上げる。声の主は二乃瀬の第一秘書官、真菅少尉《ますがしょうい》だった。

二乃瀬のモットーは「来るものは拒《こば》まず」である。誰でもいつでも入ってきていいぞ、ということを表すため、彼女が在室している限り、執務室のドアは、こうしていつも開け放してある。

入り口に真菅が顔を覗《のぞ》かせた。

「よろしいですか」

いいよ、と二乃瀬が応じると、真菅はすぐに入室してきた。

当然、真菅も軍務服を着用している。身長が百六十五センチ前後で、眼鏡越《ご》しに光る瞳《ひとみ》が理知的な印象の、スレンダーな女性だった。

師団長の執務室とはいえ、それほど広くない。建物そのものがプレハブの安普請《やすぶしん》だから、師団長といえど、豪華《ごうか》な部屋など望むべくもない。窓際《まどぎわ》に大きな執務机が置いてあって、窓を背に大柄《おおがら》な二乃瀬が肘掛《ひじか》けの付いた合成皮革《ひかく》の椅子《いす》に腰《こし》を下ろしていた。

壁際《かべぎわ》には書類戸棚《とだな》と書棚が幾《いく》つも並び、戸棚の一つには、額縁《がくぶち》に入れた感謝状と小さなトロフィーが飾《かざ》ってあるのがガラス戸越しに見える。あれは二乃瀬が自衛隊員だった頃《ころ》、廃区《はいく》周辺で全滅《ぜんめつ》の危機に陥《おちい》った所属部隊《チーム》の同僚《どうりょう》を救い出したという英雄《えいゆう》的行為《こうい》を称《たた》えられて授与《じゅよ》されたものだ。もっとも二乃瀬本人に、そのことを自慢《じまん》する気も誇《ほこ》る気持ちもない。

ああやって飾ってあるのは、彼女に言わせると、

「たんにプロモーションのためだよ。この部屋を訪《おとず》れた人へのアピールだな」

となるのだが、それはさておき。

戸棚と書棚以外に何もないような質素な部屋に足を踏《ふ》み入れた真菅は、二乃瀬の執務机の前まで足早に進み出てきた。

二乃瀬は椅子の背もたれに背中を預け、机の向こうに立つ真菅の顔を見上げた。

「何かあったか？」

第一秘書官の真菅少尉は主に第二師団内の他《ほか》の部署や第一師団、第三師団との調整役として働いており、二乃瀬の身の回りの雑務を助けるのは第二秘書の役目と、そういう分担が為《な》されている。

真菅は武官だが、第二秘書は文官という位置づけだ。

「本庁から副官が戻《もど》られました」

「お、そうか」

二乃瀬は背中を背もたれから離《はな》すと、上体を乗り出す。

「すぐに話をしたい。どこか会議室を押さえてくれ」

という二乃瀬の要請《ようせい》に、真菅は澄《す》ました顔で応《こた》えた。

「第三会議室を取ってあります」

「仕事が早くて助かる」

「恐《おそ》れ入ります」

「これで真菅のスカート丈《たけ》がもう少し短いと言うことはないんだがな」

「大佐が遅滞《ちたい》なく稟議書《りんぎしょ》に判を押し、遅滞なく報告書と上申書に目を通してくだされば、わたしのスカート丈はあと二十㎝くらい短くなるかもしれません」

「マジか⁉ よ〜し、頑張《がんば》っちゃうぞ。ちゃんとノルマを達成したら、君はパンチラ確実という超《ちょう》ミニを穿《は》いてくれよ？」

真菅が見る者を凍《こお》りつかせるような冷え切った目を二乃瀬に向けた。

「ああ、いいね。腐《くさ》ったゴミを見るような蔑《さげす》みの視線を君から向けられると、なんかこう、背筋がぞくぞくする」

「腐ったゴミは廃棄《はいき》処分にすればいいだけですが、大佐は腐っても師団長、廃棄できないのが残念です」

「君のそんな罵詈《ばり》雑言《ぞうごん》を聞くのが、わたしの生きる活力だよ」

「はぁ。こんなもので大佐がやる気を出してくださるのでしたら、いくらでも罵《のの》って差し上げますが」

「ふっふっふっ、頼《たの》むよ」

（本当に困った人だな、この人）

「だが、今はそんなことをしている場合ではなかったな」

「そうですね。大佐がそのことに気づいてくださって助かりました」

「では、そうだな、十分後に行く。香芝《かしば》中佐《ちゆうさ》を第三会議室に放《ほう》り込んでおいてくれ」

「承知しました」

「言うまでもないが、打合せのあいだは誰《だれ》も部屋に入れるな。人が来ても取り次ぐな」

「言われるまでもなく承知しています」

そう応えた真菅は、深々と一礼すると二乃瀬の執務室から退出していった。

「さて、長官と討魔将《とうましよう》の反応はどうだったかな」

二乃瀬はくすりと笑った。

「本邦《ほんぽう》初の男子討魔兵を第二師団《うち》が囲うことを認めてくれたかな」

2

「待たせたな」

大柄な二乃瀬が第三会議室に入ってきたので、所在なげに座ってお茶を飲んでいた香芝中佐は急いで立ち上がった。

「いえ、それほど待ってはいません」

香芝の敬礼に、二乃瀬も敬礼を返した。

「座ってくれ」

「失礼します」

香芝と二乃瀬が、会議机を挟《はさ》んで安っぽいパイプ椅子に腰を下ろした。

「で。早速《さっそく》だが本庁のほうはどうだった？」

「なんとか認めさせましたよ」

という香芝の返答を聞いて、二乃瀬が珍《めずら》しく喜色を露《あら》わにした。

「そうか、認めたか」

「実戦で成果を上げていたのが大きかったですね。あれだけ目覚ましい活躍《かつやく》を見せつけられれば本庁も否《いな》とは言えないでしょう。長官は渋《しぶ》っておいでしたが、『今は廃区解放のために向山《こうやま》を働かせるべきである』という大佐の進言に討魔将殿《どの》が賛同してくださいましたので、最終的には折れてくださいました。当面、向山春日《かすが》を本庁に取り上げられる心配はしなくてもいいかと」

「そうか、そうか」

二乃瀬は満足そうな顔で頷《うなず》いた。

「こういうときは、役人より武人のほうが話が早くて助かる」

「で、ありますね」

「本庁のほうはこれでいいとして、あとは一師団《いっしだん》と三師団《さんしだん》のほうか」

「で、ありますね。本庁が認めた以上、本庁のほうへ横槍《よこやり》を入れても無視してもらえると思いますが、直接、こちらへ何か仕掛《しか》けてくる虞《おそれ》はあります」

「そうだな。一師団と三師団の団長は性格が悪いからな」

（それは……あちらさんも同じようなことを言うと思いますが）

という思いは微塵《みじん》も感じさせず、香芝は重々しく応えた。

「仕掛けてくるとすれば、何をすると思いますか？」

「さて、どうだろう。本庁が認めたとなると、正面から難癖《なんくせ》をつけてきても無視できるし、かといって、露骨《ろこつ》な嫌《いや》がらせもし難《にく》いだろうし」

「で、ありますね。当座はあまり気にしなくてもよいでしょうか」

「だが、気を抜《ぬ》くわけにはいかんぞ。何かを仕掛けてこなくても、向山に関する情報は、是《ぜ》が非《ひ》でも入手したいと思うだろうしな。繋《つな》がりのある出入り業者を使って情報を仕入れようとするかもしれない」

「で、ありますか」

「沢良宜《さわらぎ》中佐の出番だな。向山と淀屋橋《よどやばし》小隊のことをしっかり見張ってもらわないとな。同時に淀屋橋小隊が外部の人間とできるだけ接触《せっしょく》しないようにしておかないと」

「ん？　そういえば淀屋橋小隊、いま休暇《きゅうか》で外に出ているのではありませんか？」

「ああ。今ごろ池袋《いけぶくろ》で祝杯《しゅくはい》を上げているんじゃないか？」

「大丈夫《だいじょうぶ》ですか？」

「さすがに人目があるところでは、一師団や三師団も手は出せないだろ？」

「そうかもしれません。ですが、他国の諜報部《ちょうほうぶ》だとそうはいきませんよ」

「もちろん考慮《こうりょ》に入れているよ。一師団と三師団がちょっかいを出す可能性があることも含《ふく》めて、淀屋橋小隊は監察《かんさつ》の人間が見張っている。それに、まだ向山のことはそこまでオープンになっていない。まぁ大丈夫だろう」

「で、ありますか。しかし、それでも危険はあるかと。特別休暇など与《あた》えないほうがよかったのではありませんか」

「たしかに駐屯地《ちゅうとんち》に閉じ込めておいたほうが安全だろう。だが、連中にはこれから働いてもらわねばならんのだ。それこそ馬車馬のようにな。しばらくは休暇など取れなくなる。今だけは羽を伸《の》ばさしてやりたいという、これはわたしの親心だよ」

（親は子供に、休みも取らず馬車馬のように働け、とは言わないと思いますが）

「ん？　何かあるか？」

「いえ、とくには」

素知らぬ顔でそう応えてから、香芝は、ところで、と話題を変えにかかる。

「淀屋橋小隊を働かせるのはいいとして、六人をどこに住まわせるおつもりです？」

「ああ、それな」

二乃瀬は椅子の背もたれに背中を預け、頭の後ろで腕《うで》を組んで天井《てんじょう》を見上げた。

「さすがに寮《りょう》で同じ部屋に押し込めるわけにもいかないからな」

「このあいだ使った官舎を？」

「いや、あれは長官や討魔将クラスのための家だから、あそこに住まわせるのは不味《まず》い。もう少し小さな官舎が一つ空いているから、そちらに押し込めるしかない」

「しかし、本当に大丈夫でしょうか」

「何がだ？」

「年頃《としごろ》の男女が同じ屋根の下で生活するというのは刺激《しげき》的に過ぎやしませんか。間違《まちが》いを犯《おか》さないといいのですが」

「監察も一緒《いっしょ》に押し込めるから大丈夫だろ」

「だとしても、です。監察の隊員も年頃の女子であることには違いないでしょう？」

「そうなったら、そうなったときのことだ」

香芝は、うっと小さく呻《うめ》いて頭を引いた。

「本当にそれでいいのです？」

「淀屋橋小隊には魔妖《まよう》戦で大車輪の活躍をしてもらわないとならないからな、できるだけ間違いが起きないように気を配るがね。そのリスクより、向山と淀屋橋小隊の面々が親しくなることで彼の魔技補助《アシスト》がより効率よく発揮されることになるのなら、そのメリットのほうが大きいだろう？」

「かなりのハイリスク・ハイリターンのように思えますが」

「ある程度のリスクを冒《おか》さないと、廃区の解放という難事業は成し遂《と》げられないさ」

（ある程度のリスク……であればいいのですが。いえ、二乃瀬大佐《たいさ》が決めたことですから、我々はその決断に従って働くだけなのですが）

「こちらはわたしと沢良宜中佐、大泊少佐《おおどまりしょうさ》で上手《うま》くやっておくよ。君には引き続き、本庁との繋ぎを頼む」

「はい、承知しております」

「面倒《めんどう》な仕事を押しつける恰好《かっこう》になってすまんね」

「お気になさらずに。師団長を助けるのが副官の役目ですので」

「君のようによくできた副官を持てて、わたしは幸せ者だよ」

「お世辞はけっこうです」

「お世辞ではないのに」

「それはともかく。淀屋橋小隊は、明日、戻《もど》ってくるのですよね。問題の向山春日をわたしも見てみたいのですが」

「もちろん紹介《しょうかい》するよ。君は師団副長なのだから、堂々と会えばいい。なんだったら見るだけでなく触《さわ》ってもいい。戦闘《せんとう》服姿の向山は、なかなかエロいぞ？」

「たしかに少し興味はありますが、触るのはご遠慮《えんりょ》申し上げておきます」

「慎（つつし）み深いんだな」

「わたしが慎み深いというより、団の討魔兵たちがあまりに慎み深くないと言うべきではありませんか？」

「それは否定しないが、現状、戦女三師団《トリスケリオン》は女子校の延長みたいなものだろ？　女子校に通う女子生徒の実態がどんなものかは、君だってよく知っているんじゃないのか」

「ええ、そうですね。身を以《もっ》て知っています」

と苦笑《くしょう》する香芝だが、すぐに笑《え》みを消して真顔に戻った。

「明日、淀屋橋小隊が休暇から戻ったら、六人に新たな配属と任務を言い渡《わた》すのですね」

「そうなるな」

「では、そのときに同席させていただくということで、よろしいです？」

「それでいい。君のことも向山に紹介しておかなくてはならないからな」

「他《ほか》に何かありますか？」

「今のところはとくにないな。久しぶりに江古《こ》田駐屯《こ》地へ戻ったんだ、のんびりと箸休《はしやす》めすればいい」

「箸休め？」

香芝がきょとんとした顔を向けると。

「違った。羽休めと言うべきだったか」

「羽休めという言い方もあまり聞きませんね。羽を伸《の》ばす、と言うべきでは？」

「羽でも足でも身長でも、好きなように伸ばしていけばいいさ」

「身長を伸ばしたくても今さら伸びはしませんが、では、我が家に戻ったつもりで寛《くつろ》がせていただきます」

「うん、ご苦労さん」

「お疲《つか》れ様でした」

二乃瀬と香芝は同時に立ち上がった。

3

翌日の昼頃《ごろ》に淀屋橋小隊の六人が江古田《えごた》の森《もり》駐屯地に戻ってきた。

旧練馬《ねりま》区＝現廃区では、あの大災厄《さいやく》によって鉄道が寸断されたままだ。

東武東上《とうぶとうじょう》線だけは、一部、線路と駅舎を移動させて復旧を果たしていたが、西武池袋《せいぶいけぶくろ》線も西武新宿《せいぶしんじゅく》線も都営地下鉄大江戸《おおえど》線も使えなくなったままだった。従って、駐屯地から池袋方面や新宿方面に出かけるときは車を使うことになる。

運転してきたワンボックスカーを駐屯地正門前に停《と》めた烏丸《からすま》は、運転席の窓を開けて顔を覗《のぞ》かせる。

車内には烏丸の他に、淀屋橋、太秦《うずまさ》、椥辻《なぎつじ》、墨染《すみぞめ》、向山春日が乗っている。

私服をたくさん持っている太秦は着替《きが》えていたが、他の五人は昨日と同じ恰好だった。

正門にある守衛ブースから一人の討魔《とうま》兵が身を乗り出した。隊服に身を包んだ彼女は、車内に無遠慮《ぶえんりょ》な視線を向けてくる。

「よう烏丸曹長《そうちょう》。いま戻りか。いいご身分だな」

「うっす、みっちゃん曹長」

「みっちゃん言うな」

烏丸に向かってそうツッコむと、守衛ブースにいた彼女は開閉装置を操作する。すぐに車止めが上がっていった。

「お疲れ様っす、みっちゃん曹長」

「だから。みっちゃん言うなって言ってんだろ！」

そんな相手のツッコミを無視したまま烏丸はシフトをマニュアルモードのＬ１に入れ、アクセルを踏《ふ》み込み、車を発進させた。

「じゃ～ね～、みっちゃん曹長～～」

全開にした窓から右手を出してひらひらと振《ふ》る烏丸に向かって、「みっちゃん」が大声で怒鳴《どな》った。

「殺すぞ、てめえっ！」

車はあっという間に遠ざかり、すぐに角を曲がって兵舎のほうへと消えていった。

「あんにゃろ、一度、本気で締《し》めてやろうか」

大きく開けたブースの窓から上体を乗り出すようにして遠ざかっていく車を睨《にら》みつけていた「みっちゃん」の背中に、反対側にいた別の討魔兵が声をかけた。

「うるさいですよ～、みっちゃん曹長殿《どの》～」

呼ばれた討魔兵は勢いよく振り返り、目を吊《つ》り上げ、びしりと相棒を指さした。

「てめえもか！　殴《なぐ》るぞ、萱島《かやしま》！」

「はいはい、ごめんなさいです、三山木《みやまき》曹長殿」

ちっ、と吐《は》き捨てると、三山木は車止めを下げ、定位置に戻った。

「ところで三山木曹長～」

三山木は、萱島に向かって睨《ね》めつけるような視線を向ける。

「なんだ、萱島一士？」

「あの車のいちばん後ろの座席に座ってたのが、例の向山春日ですよねぇ？」

「だな」

「そうかぁ。あれが討魔兵団初の男性討魔兵かぁ。でも、大丈夫なんかな～？」

「は？　何がだ？　奴《やつ》の魔技補助《アシスト》、実戦で凄《すご》い効果を発揮したっていうから、なんの問題もないだろ？」

「あ、そういうんじゃなくて。討魔兵って女ばかりじゃないすか」

「いや、男もいるだろ」

「そりゃ後方にはいますよ。でも、戦闘員は女ばっかじゃないすか。そんなところに男が一人だけ混ざって、問題が起きないのかな～って思うんですけど」

三山木は、ふふん、と鼻を鳴らして応《こた》えた。

「メリットとデメリットを秤《はかり》にかけた上層部が、メリットのほうが大きいと判断したんだろう？　だったら、それでいいじゃないか」

「う～ん、そういう計算ずく的な話ではなくて～。なんというか、もっと、こう、情緒《じょうちょ》的な問題というか～」

三山木は不審《ふしん》そうな目を部下に向けた。

「何が言いたいんだ、萱島？」

「いや、だって、男っすよ？　討魔兵団実戦部隊の唯一《ゆいいつ》の男で、おまけに若くていい男ときたもんだ。そんな男を淀屋橋小隊が独《ひと》り占《じ》めするなんて。淀屋橋小隊の奴らが毎日毎晩向山春日と乳繰《ちちく》り合ったりしたら、悔《くや》しくないっすか？」

がく、と三山木は小さくずっこけた。

「そっちかよ」

「毎晩乱交！　6Pっすよ、6P！　悔しいっていうより、ぶっちゃけ羨《うらや》ましい！　自分も混ぜてくんないかな」

体勢を立て直すと、三山木は呆《あき》れた顔で部下を見つめた。

「え？　なに？　要するに、おまえも男がほしいって話？」

ジト目になった三山木がそう訊《き》くと、萱島は疑り深そうな顔で訊き返してきた。

「三山木曹長はほしくないんですか〜？」

「男なんて面倒くさいだけだろ。そもそも男と乳繰り合ったら、討魔能力を失うかもしれないんだぞ？　たちまち失業じゃないか」

「デキ婚《こん》で討魔能力喪失《そうしつ》して円満除隊。自分らにとったら理想的じゃないっすか〜？」

三山木は人を小馬鹿《こばか》にしたような薄《うす》ら笑いを浮《う》かべた。

「男と乳繰り合ってるうちに子供ができちゃってぇ……なんて理由で、円満除隊できると思うか？」

「ダメっすかね」

「ダメじゃないか？　少なくとも除隊賜金《しきん》を満額で払《はら》ってくれるとは思えないがな」

「う〜ん、そうかぁ、ダメかぁ」

「賜金は別としても、わたしはそんな面倒なことは御免蒙《ごめんこうむ》りたい」

「三山木曹長って意外と淡泊《たんぱく》っすよね〜。あ？　もしかして百合《ゆり》っすか？　ひょっとして自分、狙《ねら》われてる？」

「百合じゃねえよ！　もしも万が一、わたしが男より女が好きな女だとしても、おまえを狙うことなんか金輪際《こんりんざい》あり得ないから安心しろ」

「うっわ、酷《ひど》い言われようだな」

「まぁ、向山春日は別の意味で気になってはいるが」

「はい？　別の意味って、どういう……はっ！　まさか曹長、ホ○が好きとか言い出すんじゃないっすよね？」

「阿呆《あほ》か！　そんなこと言うわけねえだろ！　椥辻じゃあるまいし。わたしをあの腐体《ふてい》の輩《やから》と一緒《いっしょ》にするな！」

椥辻可香《かが》を言い表す太秦の造語＝「腐体の輩」は、すでに第二師団内部に広まっているらしかった。椥辻が知ったら「酷くないですかぁ」と大いにむくれるに違《ちが》いない。

部下にツッコんでから、三山木は、そうじゃなくて、と言葉を継《つ》いだ。

「向山が唯一無二の例外なのか。それともただの先兵なのか。そこに興味があるってことだよ」

「先兵……？」

萱島は首を捻《ひね》ったが、すぐに三山木の言いたいことに思い至ったらしい。

「ああ、そういう」

萱島は納得《なっとく》の顔で頷《うなず》いた。

「向山春日が唯一無二の存在でないなら、あとに続く男子の討魔兵が出てくるかも、ってことっすね」

「そうだ。本当に奴が突然変異《とつぜんへんい》の新種なのか、それとも同じような男が他にもいて、まだ見つかっていないだけなのか。もし後者だとしたら、今後、男の討魔兵が増えていくことになるだろ。数年後には討魔兵の一割、二割が、おまえの大好きな男になってるかもだ」

「え？　自分、男なら誰《だれ》でもいいわけじゃないんすけど。若くていい男が好きなんすけど。見境なく男を漁《あさ》る女子みたいに言わないでくださいよ」

「それもどうかと思うがな」

「しかし、そうか。男子が増えていく可能性もあるんだ。希望が見えてきた！」

「珍《めずら》しく前向きだな！」

と萱島にツッコんだ三山木は、とはいえ、と釘《くぎ》を刺《さ》しにかかる。

「討魔能力のある男子は、仮に見つかったとしても少数派だと思うけどな。男の数が半数にまで増えるってことはないだろう」

「そっすよね。ってことは、アレですか？　今まで女子校だった高校が、今年から共学になって、男子生徒が入ってきたけど、でもクラスの三十人が女子で、男子は三、四人しかいなかった、的な感じっすかね」

「なんでそんなギャルゲー的な喩《たと》えがするっと出てくるのかわからないが、まぁそういうことだな。ただ、おまえを煽《あお》るようなこと言っておいてなんだが、わたしはやはり、向山みたいな男子はそうそう見つからないんじゃないかと思っている」

萱島は少し驚《おどろ》いた顔になった。

「そうなんですか？　どうしてそう思うんです？」

「今までだって、さんざん検査してきたんだ。それなのに討魔能力のある男は一人も見つからなかった。じつは見つかっていないだけで、向山みたいな男は他《ほか》にも大勢いるなんて思うほうが楽天的すぎるだろ」

「うわぁ、テンション下がってきた～」

萱島はガックリとうなだれた。

「そんなことになったら、淀屋橋さんによる独占状態《どくせん》が続くじゃないっすか。くっそう、淀屋橋少尉《しょうい》のおっぱいなんか爆散《ばくさん》してしまえばいいのに！」

三山木はジト目になって軽く頭を引いた。

「べつに淀屋橋が独占してるわけじゃないだろ」

「いやいや淀屋橋小隊の他の四人は安牌《あんパイ》っしょ。烏丸はがさつな男女《おとこおんな》だし、太秦は実家は金持ちだけど根暗《ねくら》だし、椥辻は頭も心も腐《くさ》ってるし、墨染はボディが論外だし」

「おまえも容赦《ようしゃ》ないな」

「それに比べて淀屋橋さん、胸はデカイし美人だし優《やさ》しくて面倒見《めんどうみ》がいいし、男なら惚《ほ》れてしまう女子の典型じゃないっすか」

「その代わり腹黒いぞ、あいつ。みんな見た目に騙《だま》されがちだけどな」

萱島は、ふん、と鼻を鳴らす。

「男が見るのなんか女の顔と胸だけっすよ。誰も心なんか見ちゃいませんよ。おっぱいが大きけりゃそれでいいんですよ。巨乳《きよにゆう》死すべし！」

「おまえの心もかなり捻《ねじ》れていそうだが、よかったな、男に見られなくて」

「ちくしょう。淀屋橋小隊の奴らなんか、魔妖に頭から食われてマミられればいいのに」

そんな呪《のろ》いの言葉を萱島が吐《は》くと、三山木の眉《まゆ》が跳《は》ね上がった。

「おい、萱島。冗談《じょうだん》でもそんなことを言うなよ」

低く抑《おさ》えた三山木の言葉に、萱島がびくりと体を震《ふる》わせる。

「あ。す、すんません」

「戦女三師団《トリスケリオン》には、実際に友人や家族を魔妖に殺された者がいるんだ。そういうセリフは洒落《しゃれ》になんないぞ」

「ううぅ、申し訳ないっす」

「まぁ、淀屋橋小隊の連中が羨ましいってのは、わたしも同じだがな」

「ですよねぇ。若くていい男と始終いちゃつけるなんて……」

「そうじゃなくて。現状、向山春日の魔技補助《アシスト》を自由自在に使えるのは淀屋橋小隊の連中だけなんだろ？　特Aどころか、S級魔妖だって蹴《け》散《ち》らしたって言うじゃないか。もはや兵団一の戦闘力《せんとうりょく》を有してる小隊だと言っても過言じゃないだろ？　S級に勝てるなら恐《こわ》いものなんかない。魔妖との戦争に生き残る確率が他の誰よりも高いってことじゃないか。それが羨ましいと思ったんだよ」

「そっか。そうっすよね。でも」

「でも……なんだ？」

「淀屋橋小隊がとびきりの戦闘力を確保したんなら、自分らも生き残れる確率が上がったってことになりゃしませんか？　だってS級魔妖が出ても、あいつらが蹴散らしてくれるんすから。一師団や三師団の連中より有利になったでしょう？」

そんな萱島の言葉を否定も肯定《こうてい》もしないまま、三山木は小さなため息を吐《つ》いた。

（だといいんだがな。淀屋橋小隊と向山春日の存在が、対魔妖戦の切り札となって、廃区の解放が叶《かな》うんなら、そんなにいいことはない）

ただ、彼女はそこまで楽観的にはなれなかった。理由はわからないが、そう上手《うま》く事が運ぶとは思えなかったのだ。

（向山春日が男子討魔兵の先兵なのか、そうではないのか。戦女三師団《トリスケリオン》の切り札になれるのか、なれないのか。それとも……いや、どうなんだろう。何はともあれ、あの男が開けてはいけないパンドラの箱でないことを願うだけだな）

4

烏丸がワンボックスカーを駐屯地《ちゅうとんち》内の一角にある駐車場《ちゅうしゃ》に停《と》めると、すぐに助手席側と後部座席両側のドアが開いた。

「お疲《つか》れ様、セッちゃん」

そう声をかけて、淀屋橋は後部右のドアから下車した。後部左のドアからは墨染と椥辻が下り、助手席側のドアからは太秦が下り立った。

「いや〜、今回の遠征《えんせい》は大漁だったですよう」

大きく伸《の》びをして椥辻がそう言うと、太秦が呆れた声で言った。

「送った段ボール箱って四箱だっけ？　大漁にしても買いすぎじゃない、エロ同人誌」

「え？　今その話を蒸し返しますぅ？」

「いや、エロ同人誌だけじゃなくて、エロフィギュアとかエロドラマCDも混じっているけどな！」

烏丸が皮肉の言葉を被《かぶ》せると、墨染も乗ってきた。

「お金を溝《どぶ》に捨てる行為《こうい》とは、まさに椥辻士長のためにある言葉」

「相変わらず墨染がキツいな」

それまで黙《だま》ってやり取りを聞いていた向山が進み出てきた。

「まぁまぁ皆《みな》さん、そう目くじら立てなくても。人の趣味《しゅみ》はそれぞれですし。椥辻さんがエロい同人誌を大量に買い込んでも、それは個人の趣味の問題では？」

「ううぅ、わたしの味方は向山春日だけですよう」

栁辻は頼《たの》もしそうに向山を見つめたが、烏丸は疑わしそうな目を彼に向ける。

「おまえは、栁辻が買った同人誌が見たくて味方してるだけだろ」

「ええ、そうです」

「こいつは……」

烏丸はジト目になって軽く頭を引く。

淀屋橋が、そうねぇ、と言って話に加わってきた。

「他人の趣味をとやかく言うつもりはありませんけど、カガちゃんが目を血走らせてエロ同人誌を漁っているのを間近で見せつけられたわたしたちの居たたまれなさったらなかったわよね？　もう、ほとんど拷問《ごうもん》に近かったわよね？」

「いちばんキツいのは朱鷺瑚《ときこ》さんだった！」

「だ、だったらわたしが同人誌を買ってるあいだ、他の場所に行っていればよかったじゃないですかぁ」

「お店で興奮したカガちゃんが同人誌に頬《ほお》ずりしたり涎《よだれ》を垂らしたり、飾《かざ》ってあるフィギュアを逆さまにしてぱんつを覗《のぞ》いたりして店員さんに捕《つか》まったりしないようにと見張りに行ったんじゃないの」

「がふぅっっ」

栁辻は見えない鉄槌《てつつい》で後頭部を殴《なぐ》られたかのように体をくの字に曲げ、血反吐《ちへど》を吐《は》いた。

「キッツ〜。朱鷺瑚さん、キッツ〜」

「栁辻なら本当にやりかねないものね。商品を破損して栁辻が捕まったら、監督《かんとく》不行届で怒《おこ》られるのは朱鷺瑚さんなんだもの、当然の心配よね」

太秦がそう言うと、烏丸は、しかしなぁ、と腕組《うでぐ》みして感心した顔になる。

「他に客がいる店の中で、あんなふうに堂々と、むしろ嬉々《きき》として十八禁同人誌を買えるなんて、こいつの勇猛果敢《ゆうもうかかん》さは並外れているな」

「だからぁ。なんで今ごろになってその話を蒸し返すのかとぉ」

「烏丸曹長《そうちょう》、それは違《ちが》う」

「何がどう違うんだ、墨染？」

「勇猛果敢という単語はプラスの評価なので、栁辻士長には相応《ふさわ》しくない。士長の場合、羞恥心《しゅうちしん》がないだけ」

「おお、そうか」

「四文字熟語的にいうなら、厚顔無恥《こうがんむち》とかが相応しい」

「こうがんむち？　たしかに睾丸《こうがん》を鞭《むち》で叩《たた》くと痛いですよねぇ。わたし、睾丸持ってないからわからないですけど」

「ことほどさように栂辻士長は恥知《はじし》らずな女。恥《は》ずかしいことを恥ずかしいと感じる健全な精神は腐海《ふかい》に沈《しず》んで消えた」

「最低だな、こいつ！」

「ぷぷっっ」

堪《たま》らず、向山が噴《ふ》いた。

「酷《ひど》い！　唯一《ゆいいつ》の味方の春日にまで笑われたですよう」

「おまえは存在自体が笑い物なんだよ」

「みんなが寄って集《たか》ってわたしのことを虐《いじ》めるですよう。本気で泣いちゃいますよう」

「はいはい、泣くのはあとにしてね、カガちゃん。まずは部屋に戻《もど》って、隊服に着替《きが》えて、それから特別休暇《とくべつきゅうか》のお礼を言いに師団長のところに行くわよ？」

「ううう、了解《りょうかい》ですよう」

淀屋橋を先頭に、烏丸、太秦、栂辻、墨染の五人が寮《りょう》に向かって駆《か》けだした。

「あ、あれ？　僕はどうすれば？」

その場に一人で取り残された向山が首を捻《ひね》っている。

「みんな薄情《はくじょう》だなぁ」

小さなため息を吐《つ》いた向山だが。

「っていうか、僕の隊服もあの部屋に預かってもらってるんだから、このままだと着替えられないんですけど！」

彼は慌《あわ》てて淀屋橋たちのあとを追いかけて走った。

5

寮の部屋に戻った淀屋橋、烏丸、太秦、栁辻、墨染は、あっという間に私服を脱《ぬ》ぎ捨てた。が、着替えのためにドアに鍵《かぎ》を掛《か》けるようなことはしない。今までは鍵を掛ける必要などなかったから、当然と言えば当然だ。

淀屋橋と太秦は煌《きら》びやかなブラジャーとショーツを着けているが、烏丸と墨染はスポーツブラとブルマーのような味気ない上下で、胸や腰《こし》の出っ張り具合も含《ふく》めて、かなり対照的な見た目だった。

栁辻はアニメキャラがプリントされた痛《いた》下着で、一人、異彩《いさい》を放っていた。

「相変わらず栁辻の隣《となり》には立ちたくないわね」

「まったくだ。腐菌《ふきん》が空気感染しそうな気がする」

と応《こた》えた烏丸に、太秦がちらっと視線を向けてきた。

「烏丸、あんたせっかく買った可愛《かわい》い下着を着けていないのね」

烏丸が、う、と頭を引いた。

「あ、あれは、なんというか、その場の雰囲気《ふんいき》に流されて買っちまったけど、やっぱ着けるのは恥ずかしいから封印《ふういん》しとく」

「封印なんて、もったいないじゃない。額縁《がくぶち》にでも入れて飾っておくのはどう？」

「ああ、いいですねぇ。それで額縁に入った下着を毎日見ながら、いつかあの可愛い下着が似合う女になるんだ！　って誓《ちか》うんですよう」

「阿呆《あほ》か！　誓うか！」

「せっかく買った高い下着を、着けもせず飾りもしないなんて、それはそれでお金を溝に捨てるようなもの。椥辻士長と変わらない」

「一緒《いっしょ》にすんなよ！」

「そうですよう。少なくともわたしは可愛い下着が似合う女ですよう」

「たしかにアニメキャラの下着は可愛いかもしれない。でも、それを喜んで着けている椥辻士長は可愛くない。むしろ気持ち悪い」

「墨染一士が酷すぎるぅぅ」

「はいはい、下着の比べっこはまたにしてね？　早く着替えて師団長の部屋まで行かなくてはならないんですからね？」

朱鷺瑚に睨《にら》まれ、四人は口を閉じ、着替えを再開させようとした。

そのとき、いきなり部屋のドアが開いた。

「あぁ？」

「すみません、淀屋橋さん、僕の隊服がここに……あ」

まさにこれ以上ないというタイミングだった。

全員が私服を脱ぎ終わっていて、そして誰《だれ》もまだ隊服を着ていなかった。予想外の事態に固まってしまった五人を、向山がガン見していた。

「最高のタイミングでドアを開けてしまいましたね、僕」

という向山の声に、まず烏丸が反応した。

「てめえ、嬉《うれ》しそうな顔で見てるんじゃねえ！　さっさとドアを閉めろ！」

向山は一歩、二歩と進み出て、後ろ手でドアを閉めた。もちろん、視線は五人に向けたままだ。

「そうじゃねえよ！　おまえが部屋から出てけって話だ！」

「まぁあ、向山君たら、いきなり覗き？　大胆《だいたん》にもほどがあるわね？」

下着姿の淀屋橋がドアのほうへ歩み寄ってきた。左の掌《てのひら》で右の握《にぎ》り拳《こぶし》を包み、ぱきり、ぽきりと関節を鳴らしながら。顔には薄《うす》い笑《え》みが浮《う》かんでいるのに、こめかみには血管が浮き出ている。はっきりいってとても恐《こわ》かった。

「いえ、覗きとかそういうのではなくて、僕の隊服がここに置いてあってですね」

「だからといって、女子の着替えの最中にいきなりドアを開けていいと思っているの？」

「す、すみません、もう着替え始めたのなら、ドアに鍵が掛かってると思ってまして」

淀屋橋がゆっくりを首を巡《めぐ》らせる。

「最後に入ってドアに鍵を掛けなかったのは誰かしら？」

「いやいや、朱鷺瑚さん、今までドアに鍵なんか掛けたことないでしょ」

「そ、そうよ。むしろドア開けっ放しで着替えてたくらいじゃない？」

烏丸と太秦が必死に言い訳をする。

「それもそうね。では、やっぱり悪いのはいきなりドアを開けた向山君よね？」

「着替え終わったら教えて下さいぃ！」

向山は瞬間《しゅんかん》移動のような速さで外に出ると、凄《すさ》まじい勢いでドアを閉めた。

「も〜、早速《さっそく》カガちゃんが言うところの美味《おい》しいイベントが発生してしまったわ。困ったものね」

「わたし的には大歓迎《だいかんげい》でしたですよう。どうせなら下着も脱いでしまえばよかったかもですよう」

「そんなことしたら、声を出せないように脱いだ下着を口に詰《つ》めてからお腹《なか》にぐうパンチを叩き込みますけど？」

ぶるぶるぶる。

椥辻は思い切り腰を引いて首を左右に振《ふ》った。

「まぁ見られてしまったものは仕方がない」

「相変わらず達観してるな、墨染は」

「下着を見られたくらいで何かが減るわけでもなし」

「そうよね。墨染の胸はそれ以上、減りようがないものね」

「太秦曹長《そうちょう》が最低すぎて、ほんとに泣ける」

淀屋橋がぱんぱんと手を叩いた。

「はいはい、みんな、早く着替える」

「うえ〜い」

五人は中断していた着替えを再開させた。

師団長の部屋を訪《おとず》れるだけなので、戦闘《せんとう》服ではなく隊服を着ることになる。五人は衣装《いしょう》戸《と》棚《だな》から隊服を引っ張り出してきて着込んでいく。

隊服の下はスカートだが、この恰好《かっこう》で戦闘することはないので、アンスコを穿《は》くことはない。逆に言えば、どれほど急いでいても、魔妖との戦闘に赴《おもむ》くときは戦闘服に着替える必要がある。私服はもちろんのこと、着ているのが隊服であっても、魔技《マギ》が上手《うま》く使えないからだ。高価な戦闘服だが、魔妖との戦闘以外では役に立たないので――ナイフ一本で切り裂《さ》ける――駐屯地《ちゅうとんち》に戻ってきた討魔兵は隊服に着替えることになる。

そうでなくても戦闘服は極薄《ごくうす》で体のラインがはっきりと出てしまうから、男性隊員には目の毒以外の何ものでもない（一部には目の保養だという者もいた）。戦闘員には女子しかいないが、一般《いっぱん》業務を熟《こな》す隊員には男性もいるのだから、あまり刺激《しげき》的な恰好で駐屯地内を闊歩《かっぽ》するわけにもいかなかった。とはいえ、中には戦闘服で平然と庶務《しょむ》部に顔を出す剛《ごう》の者もいるのだが。

「はい、着替え終わった？」

と淀屋橋が声をかけると、四人は着替え終了《しゅうりょう》の意を込《こ》めて手を挙げた。

6

隊服に着替えた五人が寮の玄関《げんかん》から外に出て行くと、向山が十数人の討魔兵――もちろん全員女子——に取り囲まれ、質問攻《ぜ》めに遭《あ》っていた。彼は嫌《いや》がるふうでもなく、むしろ嬉々《きき》として質問に答えている。

「セッちゃん」

「あいよ」

淀屋橋に促《うなが》されて烏丸が進み出た。

「はいはい、皆《みな》さん、ごめんなさいよ」

包囲している女子陣《じん》を押し退《の》け掻《か》き分けるようにして、烏丸は向山の前に立った。

「ほら、早く来い、向山」

烏丸は向山の手を取り、包囲網《ほういもう》から彼を引っ張り出す。

「何すんだ、烏丸！」

「今いいところなのに」

「おまえは向山のマネージャーか⁉」

「曹長になったからって調子に乗ってんじゃねえぞ！」

怒《いか》りの形相で烏丸の前に立ち塞《ふさ》がろうとする討魔兵たちの背後から淀屋橋が声をかけた。

「ごめんなさいね、皆さん。わたしたち、師団長のところへ行かないといけないの。もし遅《おく》れて問い詰められたら、女子寮の前でみんなが向山君を捕《つか》まえて放してくれなかったって報告しないといけなくなるわ」

やんわりと淀屋橋に脅《おど》され、集まっていた討魔兵たちは舌打ちしながら道を空ける。

「向山君も、遊んでいてはダメよ？」

「いえ、遊んでいたわけではなくて」

「部屋が空いたから早く着替《きが》えてきて」

「あ、はい、了解しました」

「誰もいないからってクロゼットを開けてわたしたちの下着を手に取ったりしたら、股間《こかん》の玉を握り潰《つぶ》しますけど？」

「そそ、そんなことしませんよ」

「じゃ、早く行って、早く着替えて、早く戻《もど》ってきてね？」

「う。了解《りょうかい》しました！」

向山は脱兎《だっと》の如《ごと》く寮《りょう》の建物に駆《か》け込んでいった。

「あ〜、行っちゃった」

「久しぶりに同年代の男子と話せたのに」

「寂《さび》しい人生だな、おまえ」

「淀屋橋小隊の奴《やつ》らめ、上手《うま》いことやりやがって」

五人を遠巻きにした討魔兵たちから、不平、不満の声が湧《わ》き上がったが、淀屋橋は澄《す》ました顔でその場に立って向山が戻ってくるのを待った。

「朱鷺瑚さん、心臓に毛が生えてるよな」

と烏丸が囁《ささや》くと、そうね、と太秦が応じた。

「心臓の毛も濃《こ》ければ、下の毛も濃いわよね」

「おま……いやまぁ、そうだけど」

淀屋橋が、ぐりんっと首を巡らせたので、二人は、びくぅっと上体を引いた。

「何か言ったかしら？」

「言ってない、言ってない。全然なんにもこれっぽっちも言ってない」

二人は思いきり首を左右に振った。

烏丸と太秦は冷《ひ》や汗《あせ》を流しながら淀屋橋から顔を背《そむ》けると、わざとらしく寮の出入り口に視線を据《す》える。

「お、遅《おそ》いな、向山の奴」

「そうね。遅いわね」

「今度はわたしが間違《まちが》えて部屋のドアを開けて向山の着替えを覗《のぞ》いて来ちゃおうかなぁ」

と椥辻が呟《つぶや》くと。

「そんなことしたら、カガちゃんの首をねじ切って、サッカーのボール代わりに蹴《け》り飛ばしてあげますけど？」

今度は栁辻が、ぶるぶると首を左右に振る番だった。

やがて、隊服に着替えた向山が、寮の出口から転がるように飛び出してきた。

「お待たせしました！」

「本当ね。これ以上待たされていたら、向山くんの大事なタマを握り潰してしまったかもしれないわね？」

今度は向山が、股間を手で押さえ、思い切り腰《こし》の引けた体勢で首を左右に振った。

「さ、行きますよ？」

六人は淀屋橋を先頭にして足早にその場から離《はな》れていった。それで集まっていた討魔兵は解散したのだが、何人かはその場に残ったまま、遠ざかっていく淀屋橋小隊六人の背中を忌々《いまいま》しそうに見つめるのだった。

7

ここ、江古田の森駐屯地は、あくまで「駐屯地」であり「基地」ではない。したがって、建てられた建物も鉄筋コンクリート造りの堅固《けんご》な物ではない。だいたいがプレハブ造りの簡素な物で、しっかりとした建物が建っているのは、高価な医療《いりょう》器具の設置が必要な医療棟《とう》くらいだ。淀屋橋小隊の面々が訪れた幹部用の隊舎も、震度《しんど》五強の地震でも来れば損壊《そんかい》は免《まぬか》れないのでは？　という、プレハブに毛が生えた程度の代物《しろもの》だった。このあいだ泊《と》まった幹部用の官舎のほうが遥《はる》かに豪華《ごうか》だった。

時刻は十三時五分前。

師団長との会見の時間は十三時なので、なんとか間に合ったことになる。

隊舎の前に立つ衛兵——いずれも隊服姿の討魔兵だった——に敬礼をしてから、六人は建物の中に足を踏《ふ》み入れた。エントランスホールなどという洒落《しゃれ》たものはなく、入ってすぐのところに受付所があるだけだ。そこで淀屋橋以下はノートに自分の名前を書き記す。

「こういうところは、いつまで経《た》ってもアナログだよな」

と烏丸が囁くように言うと、太秦が、そうよね、と応《こた》えた。

「寮の部屋もカードキーですらなく、未《いま》だにただの鍵《かぎ》だしね」

「暗証番号入力とか指紋認証《しもんにんしょう》とかのシステムにするのはお金がかかっちゃうから、仕方がないんじゃないですかぁ？」

ノートに名前を書きながら栁辻がそう言うと。

「あんなに豪華な官舎を作っておきながら、わたしらの部屋の鍵がちんけな金属製って、おかしいだろ」

「え？　チンに毛が生えてるのは当たり前じゃないですかぁ」

「駄目《だめ》だこいつ。何を話しても下ネタで返してきやがる」

「いっそ清々《すがすが》しいですよね」

「んなわけあるか。向山、おまえも栁辻を煽《あお》るようなこと言うんじゃない」

「あ、すみません」

「こら、どうでもいいことを受付の前で話さない」

淀屋橋に睨《にら》まれ、栁辻と烏丸と向山は思わず首をすくめた。

「じゃ、行きましょ。師団長がお待ちかねよ？」

淀屋橋に先導される形で、五人は左右に延びる長い廊下《ろうか》を右手へと突《つ》き進んでいった。

8

六人が二乃瀬大佐《たいさ》の執務《しつむ》室の前まで来ると、いつもは開いているドアが閉まっているではないか。そのことに向山を除く五人が面食らう。

（大佐が在室のときは必ず開いているのに）

その一事だけで何やら不穏《ふおん》な気配が漂《ただよ》っている気がして、淀屋橋はゴクリと唾《つば》を呑《の》んだ。

他《ほか》の四人も怪訝《けげん》そうな、あるいは不審《ふしん》そうな顔でドアを見つめているが、事情を知らない向山だけは、皆の反応に不思議そうな顔を向けている。

淀屋橋は恐《おそ》る恐るといった体《てい》で、ドアに向かって右手を伸《の》ばした。

（緊張《きんちょう》してる朱鷺瑚さんってのも珍《めずら》しいけど、それも当然か。相手は師団長で、常に開け放たれてるドアが閉まってるのは、たしかに尋常《じんじょう》じゃない）

烏丸はそんなことを思いつつ、淀屋橋の右手がドアをノックするのを見つめ、中からの返事を聞き逃《のが》さないようにと耳を澄ませた。

「入りたまえ」

返ってきた二乃瀬の声がいつもとあまり変わっていないことに勇気づけられ、淀屋橋はえい！　とドアを開けた。

「失礼いたします」

まず淀屋橋が足を踏み入れ、そのあとから五人がぞろぞろと続いた。

二乃瀬本人は正面の執務机の向こうに座っていた。その背後に第一秘書官の真菅少尉《しょうい》が立っているのは当然として、もう一人、大佐の執務机の横に折《お》り畳《たた》み椅子《いす》を広げて座っている人物がいた。

(香芝中佐《ちゅうさ》！　討魔庁《とうまちょう》の本庁庁舎に出向いていた副官殿《どの》がここにいるということは)

少し緩《ゆる》んだ不穏な気配がまた高まってきたような気がして、淀屋橋は緊張を覚える。

淀屋橋小隊の六人が、二乃瀬の執務机の前で一列横隊になって気をつけの姿勢を取ると、すぐに二人が立ち上がった。

淀屋橋は二乃瀬と香芝に敬礼を送り、言った。

「淀屋橋小隊、特別休暇《とくべつきゅうか》から戻りましたので、休暇のお礼と帰隊の報告のため参上いたしました」

淀屋橋の背後に並んだ五人も一斉《いっせい》に敬礼を送った。相変わらず向山の敬礼は様になっていないが、そこは見逃《みのが》してもらうしかない。まさか二乃瀬や香芝がそこをツッコんでくることもないだろう。

(というより、スルーしてください)

淀屋橋は内心で強く願ったが、香芝の視線が向山にロックオンされているのに気づいてギクリとする。

(でもまぁ、香芝中佐は向山君を初めて見るわけですから無理もないですか)

淀屋橋たちに敬礼を返した二乃瀬と香芝は、すぐに敬礼を解いた。それで淀屋橋以下も敬礼を解く。

「休暇は楽しめたかな？」

「はい、おかげさまで」

淀屋橋はいつもの笑《え》みを浮《う》かべて応えた。

「久しぶりに命の洗濯《せんたく》ができました。ありがとうございます」

「そうか。それはよかった。なら、これからしばらくは洗濯しなくても大丈夫《だいじょうぶ》だな？」

などと二乃瀬が真面目《まじめ》な顔で言ってきたので、烏丸や太秦は嫌《いや》そうに顔を歪《ゆが》める。

「さてと。休暇から戻ったばかりで悪いが、早速《さっそく》、肝心《かんじん》の話を始めたい。会議室を取ってあるから、そちらへ移動してもらおうか」

「会議室ですか？」

「少し話が長くなるかもしれない。その間、君たちを立たせたままというのも申し訳ないのでな」

また烏丸や太秦が顔を顰《しか》めた。

「そう嫌そうな顔をするな、烏丸、太秦」

「あ、いえ、べつに嫌というわけではありません、ええ」

「べつに君たちを説教しようとか叱《しか》ろうとかぶん殴《なぐ》ろうとか、そういうことではないから安心してくれ」

（理由もなく殴られて堪《たま》るか）

（そう言われて安心できるほど善人じゃないでしょう、二師長は）

烏丸と太秦は内心で密《ひそ》かにツッコんだ。

「では移動しよう……ああ、いや、その前に」

体を動かしかけた二乃瀬だが、動きを止め、顔を巡《めぐ》らせ、向山に視線を向けた。

「どうだった、向山春日二士。休暇は楽しかったかね？」

「あ、はい、とても楽しかったです。あんなにたくさんエロ同人誌が売られているなんて、とてもビックリしました」

（おいぃ、余計なことを言うな！）

（口は災《わざわ》いの元ですよう）

烏丸や栁辻が頻《しき》りに目で制するが、向山は気づかない。

「栁辻さんに倣《なら》って僕も何冊か買っちゃいました」

「ほほう。そうなのかね」

（止《や》めてぇぇ。それ以上、言わないでぇぇ）

栁辻が内心で悲鳴を上げるが、その悲鳴は向山に届かなかった。

「けど、栁辻さん、あんなに大量に買い込んじゃって、財布《さいふ》は大丈夫だったのかなぁ」

栁辻は蒼白《そうはく》な顔に脂汗《あぶらあせ》を浮かべ、体を小刻みに震《ふる》わせている。

(可哀相《かわいそう》に)

(まぁ栁辻の場合、自業自得だから)

烏丸と太秦は目配せして頷《うなず》き合った。

「栁辻士長」

「はひいっ」

二乃瀬に睨まれ、栁辻は震え上がった。

「合法的に売られている物なら、君がどこで何をどれだけ買おうと君の自由だが、お金は計画的に使ったほうがいいぞ？」

「もももちろんですぅ。わかっていますぅ。全力でわかっていますぅ」

「なら、いい。では移動しよう」

視線を和《やわ》らげると、二乃瀬は机のこちら側にやって来た。

「ついてきたまえ」

「了解《りょうかい》です」

「香芝もよろしく」

「はい、大佐」

二乃瀬は淀屋橋小隊と香芝中佐を先導する恰好《かっこう》で自室を出て、押さえてある会議室へと向かった。最後に部屋を出た真菅は、ドアを閉め、鍵を掛《か》け、ドアの表示を「在室」から「不在」へと変更《へんこう》した。

9

それほど大きくない会議室の中央に置かれた長テーブルを挟《はさ》んで、片側に淀屋橋小隊の六人が、その反対側に二乃瀬大佐と香芝中佐、そして真菅秘書官が座った。

真菅少尉はノートパソコンをテーブルの上に置いているから、議事録を取るのが彼女の役目なのだろう。ICレコーダーで録音しないのは、音として残しておくのは不味《まず》い話も出るということだと淀屋橋は推測する。

案の定、二乃瀬は冒頭《ぼうとう》で淀屋橋たちに向かってこんなことを言ってきた。

「真菅少尉が議事録を作成するが、そこには都合のいいことしか記載《きさい》されない。言い換《か》えると、都合の悪い話はオフレコということだ。安心してくれていい」

（議事録に残らないほうが恐《こわ》いんですけどっ！）

内心で思わずツッコんでしまう烏丸だった。

向山以外の四人も多かれ少なかれ二乃瀬の言葉に不審を抱《いだ》いたらしく、疑念の籠《こ》もった目で、そっと彼女の様子を窺《うかが》うのだった。そんな五人の様子に気づかない大佐ではないだろうに、彼女は素知らぬ顔で話を始めた。

「向山春日の第二師団への入団と淀屋橋小隊への配属は、香芝中佐が上手《うま》く本庁を騙《だま》して……いや、丸め込んで、いや……この場合はなんと言うべきかな、真菅少尉」

（おいぃ、本音を漏《も》らすにも程《ほど》があるだろ！）

内心でツッコむ烏丸だが。

（この辺は沢良宜中佐と同じだな。わざと言ってるのかもしれない。偉《えら》い人は誰《だれ》も彼もが一筋縄《ひとすじなわ》じゃいかない難物ばかりだ）

と思い直した。

キーを叩《たた》く手を止めた真菅は、大佐のほうに顔を向けて応《こた》えた。

「香芝中佐が本庁と折衝《せっしょう》した結果、向山春日の入団と、彼の淀屋橋小隊への配属が認められた……とするのが妥当《だとう》なのではないかと思います」

「では、そう書いておいてくれ」

「承知しました」

真菅はまたキーを叩き始めた。

「というわけで、対外的な問題はあらかた解消した。もっとも、第一師団や第三師団への対策が厄介《やっかい》と言えば厄介なのだが、それはおいておく。となると、残った問題は」

二乃瀬はそこで言葉を切り、意味ありげな顔で向山を見やった。

「向山二士、君の居室をどうするかということだ」

二乃瀬大佐《たいさ》の言葉に、淀屋橋は思わず反応してしまった。

「二乃瀬大佐、よろしいでしょうか」

「なんだ、淀屋橋中尉《ちゆうい》？」

「まさか向山二士を、女子寮《りよう》のわたしたちの部屋に入れるとか、そういうお話ではありませんよね」

「ん？　べつにあそこは女子寮じゃないぞ。師団規則にだって、一言も女子寮だとは書かれていない」

「ええええええ⁉」

淀屋橋だけでなく、烏丸や太秦、椥辻も驚愕《きようがく》に顔を歪めている。

「あそこは討魔兵の寮だ。今まで討魔兵には女子しかいなかったから、結果として女子しか入っていないだけでな」

「んな馬鹿《ばか》な」

と思わず呟《つぶや》いてしまった烏丸は、慌《あわ》てて自分の口を右手で塞《ふさ》いだ。

「ですが、男子用トイレはありませんが」

と淀屋橋が半ば抗議《こうぎ》の意を込《こ》めて訊《き》くと。

「女子用なら男子も用を足せるだろう？　その逆は難しいがね。はっはっはっ、わたしも昔、挑戦《ちょうせん》したことがあるが、上手くできなかった」

淀屋橋以下、烏丸、太秦、椥辻、墨染は呆《あき》れたような驚《おどろ》いたような顔を大佐に向けたが、一人、向山だけは感心しきりだった。

「それはさておき。あの寮は『女子しか暮らしていない寮』であって、『女子寮』というわけではないんだ」

（なんという屁理屈《へりくつ》）

淀屋橋は珍《めずら》しく顔を顰《しか》めている。

「だから向山君を入れても問題ないと仰《おっしゃ》るのですか？」

「いや、問題はある。外部的な問題がな。それさえ無視できるなら、向山春日を君たちの部屋に押し込むのは面白《おもしろ》い……いや、楽しい……この場合はなんと言えばいいだろうか、真菅少尉」

（おいぃ！　本音を漏らすのも大概《たいがい》にしやがれ！）

烏丸は内心で盛大《せいだい》にツッコんだ。

キーを叩く手を止めた真菅は、しれっとした顔で応える。

「向山春日を淀屋橋小隊と同室にするのが、あらゆる面で都合がよい、とでもしておけば如何《いかが》でしょうか」

「よし、それで行こう」

「すみません、二乃瀬大佐、どういうところが都合がよいのでしょうか？」

と淀屋橋が訊くと、二乃瀬は作ったような真面目な顔になって応えた。

「君たちと向山二士が過ごす時間が長ければ、より相互《そうご》理解が深まるだろう？　相互理解が深まれば、彼の魔技補助《アシスト》の効率がさらに上がるかもしれない」

「本気でそんなことをお考えになっています？」

「可能性の問題だがね。わたしは、彼の魔技補助《アシスト》が君たちには効いたのに他《ほか》の団員に効かなかった理由は、発見されて以来、彼がいちばん君たちとの接触《せっしょく》時間が長かったからではないかと疑っている」

「えええっ⁉」

二乃瀬大佐の指摘《してき》に、淀屋橋は目を見開いた。むろん烏丸や太秦、椥辻も同様だ。あまり表情を変えない墨染ですら驚きを露《あら》わにしているから、誰一人その可能性を考えていなかったのは明らかだ。

「その辺も含《ふく》めて、向山二士に関しては、いろいろ確かめたいんだよ。いや、向山二士を含む君たち淀屋橋小隊に関して、と言うべきかな」

「そんなことを言われましても」

淀屋橋は困惑《こんわく》の表情を浮《う》かべて固まってしまう。

(だよな。そんな理由で男と同じ部屋に押し込められたら困るってぇの。それに)

烏丸は俯《うつむ》き加減《かげん》になったまま、視線だけを二乃瀬に向ける。

(本当に効率の問題だけかな。師団長、もっと別のことを考えていないか?)

二乃瀬の言うことを頭から信じるのは危ないと、そんな警報が烏丸の脳内で鳴った。

「そのためには君たちが四六時中《しろくじちゅういっしょ》一緒にいてくれると話が早いわけだ。ただ、それをすると外部的な問題が生じる虞《おそれ》がある」

「あの、それは具体的にはどんなものでしょうか?」

「女子しかいない寮に男子が一人。しかも、女子五人と同室。そんな状況《じょうきょう》は、マスコミにとって実に美味《おい》しいネタだと思わないか?」

「あ、たしかに」

「下世話な話が大好きなマスコミに食いつかれてゴシップ記事でも仕立てられたら困る。それに、彼の存在はできるだけ公《おおやけ》にはしたくない。まぁ、本庁へ正式に話を持っていったから、いずれはマスコミにも知られるだろうがね。それはできるだけ先にしたいんだよ」

それはわかります、という意を込めて、淀屋橋は頷いた。

「というわけで、向山二士を女子しかいない寮に入れるのは断念した」

淀屋橋以下の五人がほっと安堵《あんど》の息を吐《は》く一方、向山は少し残念そうな顔になる。

「とはいえ、彼一人だけをどこかに棲《す》まわせるというわけにもいかない。それでは、いざ出撃《しゅつげき》というときに後れを取る虞がある。それに、君たちと別々に過ごす時間が長くては、魔技補助《アシスト》の効率がより上がるのか否《いな》かという命題に答えを出せないからな」

淀屋橋は再び不穏《ふおん》な空気を感じ取って怖気《おぞけ》を震う。

（つまり二乃瀬大佐は、あくまでわたしたちと向山君を……）

そんな彼女の想像を裏付けるように、二乃瀬はきっぱりと言った。

「そこで君たちに寮を出てもらって、こちらが用意する官舎で向山二士と一緒に過ごしてもらおうと思っているんだ」

（やっぱりそう来ましたかっ）

淀屋橋は内心で悲鳴を上げる。

（マジかよ）

（なんでわたしたちが、そんな実験動物みたいな扱《あつか》いを）

烏丸と太秦も、嫌《いや》そうに眉《まゆ》を顰《ひそ》めてそんなことを思った。

けれど栩辻は。

（これで美味しいイベントの発生は約束されたようなものですよう）

俯いたまま机の下で右の拳《こぶし》を握《にぎ》りしめていた。

（お風呂《ふろ》やトイレに入るときは鍵《かぎ》を掛《か》けないでおきますよう）

栩辻が邪悪《じゃあく》な笑《え》みを浮かべたことに、隣《となり》に座っていた墨染が気づいた。

（これは……嵐《あらし》の予感。おもに烏丸曹長《そうちょう》と栩辻士長の諍《いさか》いが、だけど）

墨染は、向山と同居する件に関しては中立の立場だった。その問題に関しては、淀屋橋、烏丸、太秦が反対派で、栩辻が積極的な賛成派、墨染が中立派という色分けになった。そして当の本人、向山春日は諸手《もろて》を挙げて大歓迎《だいかんげい》という姿勢である。

しかし、いくら淀屋橋や烏丸、太秦が反対しても、この案件がひっくり返ることはない。洒落《しゃれ》や冗談《じょうだん》で師団長がこんなことを言い出すはずがないし、淀屋橋たちに二乃瀬の指示を拒否《きょひ》する権利もない。

「それは、先日のあの官舎で、というお話ですか」

淀屋橋が半ば諦《あきら》めの顔でそう訊くと、二乃瀬は、いや、と言って首を横に振《ふ》った。

「あの官舎は討魔将クラスの高官のための物だ。いくら向山二士が貴重品……貴重な人間だといっても、あそこで暮らさせるわけにはいかないのさ。このあいだは、一日、二日に限っての、言わば期間限定特別大サービスだったのさ」

「ということは」

「もう少し小さいサイズの官舎があるから、そこに移ってもらおう。二階建て三LDKで、トイレは上下階にあるから問題ないだろう？　緊急《きんきゅう》出撃のときは集合場所まで少し遠くなるが、そこは我慢《がまん》してもらうしかない」

それまで黙《だま》って話を聞いていた香芝中佐《ちゅうさ》が口を挟《はさ》んできた。

「戦闘《せんとう》服を始めとする戦闘用の備品は官舎のほうへ運び入れる。いちいち更衣《こうい》室へ寄らないで済む分、むしろ、これまでよりも早く出撃の準備ができるだろう」

（着替《きが》えイベント来たぁ！　春日の着替え中に間違《まちが》えて春日の部屋に突撃《とつげき》！）

どこが間違えたんだという話だが、栁辻はその瞬間《しゅんかん》を想像して、ぐふぐふと笑った。すると、端《はし》にいた淀屋橋が上体を左へ回し、囁《ささや》くような声で栁辻に語りかけてきた。

「栁辻士長が何を考えているか知りませんけど、おかしな真似《まね》をしたら首をねじ切りますからね？」

何を考えているか知らないと言いながら、栂辻が何を考えているかなどお見通しという
ような淀屋橋の物言いだった。
かくかくかく。
栂辻は、無言で首を縦に振るしかなかった。
「ああ、言っておくがね」
栂辻と淀屋橋のやり取りを面白そうに見ていた二乃瀬が言った。
「その官舎に住むのは君たち淀屋橋小隊だけではない。監察《かんさつ》部の忍海《おしみ》少尉《しょうい》も一緒だ」
「あ……で、ですか」
それなら栂辻が何かよからぬことをしようとしても抑止力《よくしりょく》になってくれると、少し安心
する淀屋橋だった。
一方、栂辻は悔《くや》しそうに唇《くちびる》を噛《か》む。
(あの人がいたら、美味しいイベントの発生確率が下がってしまいますよう)
そして肝心《かんじん》の向山はと言えば、自身が議論の対象になっているにも拘《かか》わらず、楽しそう
に笑っているだけだった。
(はぁ。前途《ぜんと》多難の予感ね)
太秦はため息を吐《つ》き。

（なんでこんな面倒《めんどう》くさいことに）

烏丸は天を仰《あお》いで嘆息《たんそく》し。

（少し面白くなってきました。いろんな面で）

意外にも墨染は、今後の展開に少しばかり期待していた。

10

その後に官舎で毎日を過ごすことに関して真菅少尉から細々《こまごま》とした注意事項《じこう》が説明されたが、淀屋橋と太秦以外の者には馬耳東風《ばじとうふう》といった有様だった。

最後に二乃瀬から重大発表があった。それは淀屋橋小隊の今後を左右しかねないものだったから、さすがの烏丸や椥辻も敏感《びんかん》に反応した。

二乃瀬の重大発表とは、

「今後、君たち淀屋橋小隊は、大泊少佐《しょうさ》の指揮下に入ってもらう」

というものだった。

「えええええ!?」

向山以外の五人が驚愕《きょうがく》に目を見開き、顔を歪《ゆが》めた。

「ど、どういうことでしょうか？」

と訊《き》く淀屋橋の声が少し震《ふる》えている。

何事にも動じない彼女が、こんなふうに狼狽《うろた》えたような表情を見せるのは珍しい。

「どういうこともこういうことも」

二乃瀬は、にやりと笑って応《こた》えた。

「向山二士の魔技補助《アシスト》を得て調子に乗った君たちを野放しにしておいたら、どんな無茶や無謀《むぼう》をするかわからないだろう？　だからお目付役を用意したということさ」

「いえ、ですが、二乃瀬大佐」

淀屋橋の抗議《こうぎ》の声は弱々しい。

「通常時から小隊が別の小隊の指揮下に入るような例はなかったかと思うのですが」

「通常時ならな。しかし、向山二士の存在がすでに通常ではない。これは非常時の特例という扱いになるのだ。ということで淀屋橋中尉《ちゅうい》、君の小隊は、大泊少佐が率いる特別戦時中隊に所属することになる。わかったかね？」

（ううう、あまりわかりたくはありませんが）

「了解《りょうかい》しました」

淀屋橋は二乃瀬に向かって敬礼することしかできなかった。

「下手《へた》を打って、あるいは先走って、大泊少佐の勘気《かんき》に触《ふ》れないようにな。君たちが全裸《ぜんら》一万メートル走や全裸サンバカーニバルを命じられても、わたしは止めはしないからな？むしろ喜んで見学に行くからな？」

（ひいぃぃい〜〜）

五人は内心で悲鳴を上げた。

「き、気をつけます！」

「言っておくが」

そこで言葉を切った二乃瀬は、にやりと笑って言葉を継《つ》いだ。

「全裸一万メートル走や全裸サンバカーニバルを命じられたときは、向山二士、君も有無《うむ》を言わさず参加だからな？」

「えっっ⁉」

それまでにこにこと笑っているだけだった向山の顔に、初めて驚《おどろ》きの色が浮《う》かんだ。

「ま、マジですか？」

「マジマジだ」

「それは……嬉《うれ》しいような困ったような」

「嬉しくねえよ！　これっぽっちも嬉しくはねえよ！」

「あんたのせいで懲罰《ちょうばつ》を食らったら、全裸走の前にあんたを殺すからね。全身をナイフで滅多刺《めったざ》しにした挙げ句、大事なところを切り取って殺すわ」

「わぁお。その役目、ぜひ栁辻にお命じくださいぃっ！」

烏丸と太秦に睨《にら》まれ凄《すご》まれ、嬉々《きき》として栁辻が参戦してきたので、さすがの向山も震え上がった。

「きっ、気をつけます！　烏丸曹長や栁辻士長が暴走しそうになったら、僕が命を懸《か》けて止めますのでご安心くださいっ！」

「巫山戯《ふざけ》んな！　栁辻ならともかく、あたしは暴走なんかしねえよ！」

「え？　烏丸曹長が酷《ひど》いですよう」

「朱鷺……淀屋橋小隊長が暴走しなかったことなんて今までにあったかしら？」

「朱鷺……淀屋橋小隊長のほうが酷い！」

会議室内が騒《さわ》がしくなり、収拾《しゅうしゅう》がつかなくなってきたところで、香芝中佐が一喝《いっかつ》した。

「うるさいぞ、黙れ！」

たちまち場が鎮《しず》まった。

「師団長も、連中を煽《あお》るような言動は控《ひか》えてください」

「ん、いや、煽ったわけでなく、忠告をしただけだが」

「それが煽っていると」

香芝は小さなため息を吐《つ》いたが、すぐに気を取り直して顔を上げ、淀屋橋小隊の六人を見回した。

「とにかく。これはもう決定事項だ。君たちは命じられたことを粛々《しゆくしゆく》と熟《こな》せばいい。それだけだ。わかったな？」

「了解しました、香芝中佐」

びしりと背筋を伸《の》ばして二乃瀬に向かって敬礼を送る淀屋橋だったが、その心中は複雑なものだった。

（大泊少佐の指揮下に入るのはメリットもあればデメリットもあるわね。どちらのほうが大きいかしら。デメリットといえば、向山君との共同生活、果たしてどうなることやら）

淀屋橋は自分たちの行く末の困難さを思い、内心でため息を吐《つ》いたのだが、そんな彼女の思惑《おもわく》などお構いなしで、二乃瀬は話を締《し》め括《くく》りにかかった。

「わたしから申し渡《わた》すことは以上だ。正式な命令書の発行は明日になるが、少佐には今日中に話を通しておく。君たちは明日、大泊少佐の下《もと》へ出向くように」

「淀屋橋小隊小隊長、淀屋橋朱鷺瑚、了解しました」

「よし。では、これから真菅が君たちを新しい愛の巣へ案内する」

「愛の巣って！」

「言い方！」

烏丸や太秦は二乃瀬に向かって思わずツッコんでしまい、慌《あわ》てて右手で口を押さえた。

二乃瀬は機嫌《きげん》を損《そこ》ねることなく、楽しそうに笑っている。

「誰《だれ》と誰が愛をはぐくむのかは知らんが、まぁ、みんな仲良くやってくれ。そして魔妖との戦いに、存分に力を発揮してくれ」

そう言って二乃瀬が真菅を見やると、すかさず彼女が進み出てきた。

「では、案内いたします。淀屋橋小隊の六人はこちらへ」

11

淀屋橋小隊の六人が真菅少尉に案内されたのは、官舎が建ち並んでいる一角だった。

「このあいだ使った豪華《ごうか》な官舎があれだな」

と烏丸が指すと、栁辻が別方向を指さした。

「わたしたちが行くのは、どうやらあちらのようですねぇ」

そちらにあったのは二階建てのテラスハウスで、一戸が上下階に跨《また》がっているメゾネットタイプの住居だった。一棟《むね》に四戸が入っており、道路沿いに三棟が左右に連なって建っていた。

いちばん左の棟に四つ並んだドアの右から三番目の前、ポーチ部分に忍海少尉がいた。

「淀屋橋小隊の皆《みな》さん、お待ちしていました」

「あ、お久しぶりです、忍海少尉」

「久しぶりというほどでもないと思いますが、淀屋橋中尉」

「では、忍海少尉、あとのことはよろしくお願いします」

「了解しました、真菅少尉」

真菅は淀屋橋たちを忍海に引き渡すと、さっさと引き返していってしまった。

「このテラスハウスの一〇三号室が、今日からあなた方の住居です。まぁ、あなた方というか、わたしもなんですが」

「あ、そうですか。よろしくお願いします」

「こちらこそ、よろしくお願いします。目障《めざわ》りだとは思いますが、基本、わたしのことは無視してくださってかまいませんので」

「いえ、目障りというわけでは」

「他《ほか》の皆さんも、よろしくお願いします」

と忍海が五人に向かって頭を下げてきたので、烏丸、太秦、栁辻、墨染、そして向山も答礼した。

「よろしくおねがいしやっす」

「よろしくお願いします」

「よろしくですぅ」

「よろしくお願いします」

「よろしくお願いします、忍海少尉《しょうい》」

「では、早速《さっそく》、荷物の運び込みを済ませてしまいましょう。手配したトラックが寮《りょう》のほうに行ってますので、まずは部屋の私物を運び出してトラックに積み、こちらへ持ってきて運び入れる……と、その前に部屋割りを決めておかなくてはなりませんね。中は３ＬＤＫですので、淀屋橋中尉、栁辻士長、わたしが同室、烏丸曹長《そうちょう》と太秦曹長、墨染一士が同室、残りの部屋に向山二士。ちなみに部屋は七畳《じょう》ほどの洋室が二つに六畳の和室が一つですので、和室に向山二士。それでどうでしょう？」

「あ、ええと、はい、それで」

「いいわよね？」

振《ふ》り返った淀屋橋が五人に同意を求めると、みな、頷《うなず》いた。

「では、まずは寮へ戻《もど》って荷物の移動を始めましょう」

忍海少尉の指揮の下《もと》、淀屋橋小隊の五人は——向山には私物がない——荷物の運び出しと運び入れという任務に取りかかるのだった。

12

運び入れた荷物の整理整頓《せいとん》を終えて一服すると、もう午後の五時近くになっていた。

「ええと、忍海少尉」

「なんでしょう、淀屋橋中尉？」

「晩ご飯はどうするのですか？　というか、これから毎日の食事は？」

「食事に関してはこれまでどおり食堂へ食べに行きます。自炊《じすい》する必要はありませんのでご安心ください」

という忍海の言葉に、淀屋橋以下、料理が苦手な五人は安堵《あんど》の息を吐《は》いた。

「では、夕食を食べに食堂へ行きましょう。片付けの続きは食後、戻ってきてからということで。コーヒーカップなどは、台所へ運んでおいてくれればいいです」

「了解です」

ダイニングテーブルに陣取《じんど》っていた六人が腰《こし》を浮かせた。

ちなみに、この住戸も先だっての官舎同様、二階にリビングダイニングがあった。

玄関《げんかん》で靴《くつ》を履《は》いているとき、淀屋橋は気になっていることを忍海に訊《き》いてみた。

「ところで忍海少尉」

「なんでしょうか、淀屋橋中尉」

「両隣にはどなたがお住まいに？」

「左隣、外から見れば右隣になりますが、監察《かんさつ》の部隊が入ることになりました。右隣の角部屋は大泊少佐のお住まいです」

「マジでぇえ⁉」

烏丸や太秦、椥辻が悲鳴のような声を上げる。

「世界最高の危険地帯じゃねえか、ここ」

「廃区の中にテントを張ったほうが、まだ安心できるわよね」

「やばいですよう。夜中に烏丸曹長が暴れたりしたら、翌朝、罰《ばつ》として全裸ラジオ体操をやるハメにぃ」

「あたしじゃねえよ。罰を受けるとしたら、その原因はお前以外にはないだろ！」

「大丈夫《だいじょうぶ》ですよう。エロ同人誌はちゃんと隠《かく》しておきますし、エロゲーをやるときには、ちゃんとヘッドフォンしますからねぇ。まったく問題はないですよう」

「問題しかないの間違《まちが》いだろ」

　などと、三人が声を抑《おさ》えて言い合っていると。

「大泊少佐《しょうさ》は指揮所の控え室に寝泊《ねと》まりすることが多いらしく、あまりこちらには帰ってこないようですから、大丈夫だと思いますよ」

「いやいや、少しも安心できないと思うけど」

「当然、大泊少佐はわたしたちが隣に越《こ》してくるのを知っているのよね。菓子折《かしおり》でも持って転居の挨拶《あいさつ》に行ったほうがいいのかしら」

「それ、藪蛇《やぶへび》にならないか、朱鷺瑚さん」

「ま、まぁ、大泊少佐対策はあとで考えましょう」

　という淀屋橋の声には珍《めずら》しく動揺《どうよう》が感じられた。

　というより、大泊少佐のことをほとんど何も知らない向山以外は誰もが動揺し、むしろ恐慌《きょうこう》を来《きた》していた。あまり表情を変えない墨染までも、これは厄介《やっかい》なことになりましたと呟《つぶや》くように言っているのが印象的だ。

「ですね。食事に遅《おく》れたくはありません。とりあえず食堂へ行きましょう」

　という忍海の声に、六人は顔に不安そうな色を浮《う》かべたまま新しい住戸の玄関から外に出て、食堂へと向かうのだった。

13

食事を終えて新居に戻った淀屋橋小隊の六人は、リビングに積まれたままの荷物を自分の部屋に運び入れた。烏丸、太秦、墨染の部屋も、淀屋橋、椥辻、忍海の部屋も、床《ゆか》がフローリングの洋室だったが、ベッドはなく、人数分の布団《ふとん》が部屋の隅《すみ》に積まれているだけだった。

「寝袋《ねぶくろ》で床に寝なくて済んで助かったわ」

荷物を整理しながら烏丸がそんな軽口を叩《たた》くと、太秦が応じた。

「住居に関しては、寮の部屋が広くなったと思えば大した問題ではないけどね」

「問題は大泊少佐の指揮下に入るということ」

墨染がそう言うと、烏丸が、だよな、と難しい顔で頷く。

「入るのが、というか、どんな任務を与《あた》えられるかってことが大問題だな」

「明日になれば嫌《いや》でもわかる」

「あんまりわかりたくはないなぁ」

「ま、今日はやることもないし、片付けが終わったら、さっさと着替《きが》えて、さっさと寝るのがいいんじゃない？」

「そう……だな。着替えて、歯を磨《みが》いて、寝るか」

14

烏丸も太秦も墨染も。
淀屋橋も椥辻も。
明日からの自分たちがどうなるのかという一抹《いちまつ》の不安を抱《かか》えながら布団に潜《もぐ》り込んだ。
不安よりも期待が大きかったのは、ただ一人、向山だけだった。
そして夜が明けた。
新しい一日が始まる。
淀屋橋小隊の六人にとって、今まで経験したことのない新たな日々の始まりであった。

第3章 鎧《がい》袖《しゅう》一《いっ》触《しょく》

1

「はぁい、トキーコ、久しぶりぶり、タイ、サンマ」

戦闘《せんとう》服に身を包んだ武庫川《むこがわ》が、素《す》っ頓狂《とんきょう》な声で淀屋橋《よどやばし》を呼んだ。

戦闘服は極薄《ごくうす》で体のラインがはっきりと出るから、武庫川中尉《ちゅうい》の、ボン、キュッ、ボンっぷりは、見る者をたじろがせるほどの迫力《はくりょく》だった。

「出たよ、武庫川琴座《ライラ》中尉」

早くも気圧《けお》され気味に烏丸《からすま》がそう言うと、太秦《うずまさ》も真剣《しんけん》な顔で頷いた。

「朱鷺瑚《ときこ》さんをも凌《しの》ぐ超巨乳《ちょうきょにゅう》ハーフ」

「本当に大きいですね。大きいなんていう単語が陳腐《ちんぷ》に思えるほどの大きさだ」

「向山《こうやま》、おまえ、あからさまに目を輝《かがや》かすなよ」

武庫川中尉と淀屋橋中尉が挨拶を交《か》わすのを横目に、太秦がため息交じりに言った。

「なんでアメリカの人って、あんなに大きくなるのかしらね。食べてるものが違《ちが》うの？」

「知るか」

「そうですよう、そんな食べ物があったら、烏丸曹長《そうちょう》は毎日それを食べてますよう」

「おっぱい一つで墨染《すみぞめ》くらいありそうよね」
「そこまではない。太秦曹長が酷《ひど》すぎて泣けてくる」
「しかし、武庫川中尉の隊が一緒《いっしょ》とはなぁ」
「おまえもな！」

昨日、大泊少佐《おおどまりしょうさ》の下《もと》を訪《おとず》れた淀屋橋たちは、そこで臨時に編成される特別中隊の構成を聞かされていた。「特別戦時中隊」——通称《つうしょう》を特戦隊と言うらしい——所属となるのは、淀屋橋小隊と武庫川小隊、貴船《きぶね》小隊である。この三個小隊十六名に、大泊小隊十名を加えた二十六名で特別戦時中隊は構成されることになっていた。

指揮官は、当然のことながら大泊少佐で、副官は大泊小隊の藤阪《ふじさか》中尉。

淀屋橋、武庫川、貴船の三人は中尉だから同格だが、先任である分、序列的には貴船が上だ。武庫川琴座はこの特別中隊に配属されるのと同時に中尉に昇任《しょうにん》していた。淀屋橋が中尉に昇任したから、彼女とのバランスを取った人事なのだろう。

ちなみに、戦女三師団《トリスケリオン》では、警察官や自衛官などと違って昇任のための筆記試験というものはない。昇任に必要なものは、魔妖《まよう》との戦闘に於《お》ける経験と実績である。

その意味では武庫川小隊を率いる武庫川琴座に不足はなかった。以前から、いずれ近いうちに昇任するだろうと言われていたから、今回の措置《そち》で少し早まっただけという評価が衆目の一致《いっち》するところだった。

武庫川琴座は父を日本人、母をアメリカ人に持つハーフで、身長は百八十ほどもあり、アメリカのジュニアハイスクールではバスケットボールクラブのエースとして活躍《かつやく》していたという。子供の頃《ころ》、日本で暮らしていたそうで日本語は過不足なく——もっとも、多少イントネーションは怪《あや》しいが——話せる。

身長が日本人離《ばな》れしている武庫川中尉だが、もっと日本人離れしているのは、そのバストサイズだった。淀屋橋は胸の大きさ、形状、弾力《だんりょく》に於いて第二師団でも一、二を争うという評価を受けているが、淀屋橋と真っ向勝負できるのは武庫川だけというのも、師団内の一致した意見だった。

以前、部隊《チーム》同士の親睦《しんぼく》会でバスケットボールの試合をしたとき、揺《ゆ》れ弾《はず》む武庫川の胸を見やった烏丸が思わず本音を漏《も》らしたことがある。

「あんな大きな物をぶら下げて、よくバスケなんかできるな。周りの連中はだいたいソフトボールかテニスボールなのに、朱鷺瑚さんはサッカーボールで武庫川少尉はバスケットボールだもんな。邪魔《じゃま》にならないのかな」

そのとき同じチームだった三山木《みやまき》が応《こた》えてきた。

「重くて邪魔になりそうだが、持たざる者にはわからない悩《なや》みだな」

「そうっすね」

「とくにおまえみたいなピンポン球には永遠にわからないよな」

「はぁ？　パチンコ玉がなに言ってんすか⁉」

結局、烏丸と三山木が殴《なぐ》り合いの大喧嘩《おおげんか》を始めて親善試合は中断してしまったのだが、それはさておき。

（二つのサッカーボールと二つのバスケットボールを胸に仕込んだ巨乳ツートップが揃《そろ》い踏《ぶ》みって、まさか大泊少佐、朱鷺瑚さんと武庫川中尉を脱《ぬ》がすつもりで集めたんじゃ）

と、そんな邪推《じゃすい》をしてしまう烏丸だった。

2

特別戦時中隊の戦術目標は「廃区《はいく》内の元練馬《ねりま》区役所まで進出し、そこに物資を運び入れ、建物を補強し、さらに先へ進攻《しんこう》するための拠点《きょてん》として整備する」というものだった。

大泊小隊は三人のロボ娘《こ》を擁《よう》している。彼女たちが人間では運べないような大量の物資を運んでいくのだ。

巨大《きよだい》な木箱を何段も重ねて背負子《しょいこ》（と呼ばれている金属製フレーム）に括《くく》りつけると、その高さは三メートルにも四メートルにもなる。重量だって軽く百キロを超《こ》えているはずだが、パワーアシスト機能付き外骨格を纏《まと》ったロボ娘は、平然とそれを背負っていた。

「特戦中隊、整列！」

郡津《こうづ》少尉《しょうい》のかけ声に、淀屋橋小隊、武庫川小隊、貴船小隊、大泊小隊が整列した。

大泊小隊だけは十名編成だが、中隊指揮官の大泊と副官の藤阪、そして郡津少尉が列から外れているので、並んでいるのは七名——そのうち三名がロボ娘——だった。

二十三名の前に小柄《こがら》な大泊少佐が進み出てきた。

「鬼《おに》の大泊」とか「脱がせの眠《ねむ》り姫《ひめ》」などと恐《おそ》れられる戦闘指揮官だが、見た目はとても可愛《かわい》らしい。そして、いつも眠そうな顔をしている。

実際、眠いらしい。一日二十五時間寝《ね》ていたい、というのが大泊少佐の切なる願望だそうだ。

「一日は二十四時間しかありません」

と副官の藤阪がツッコむと。

「じゃあ、二十四時間で妥協《だきょう》するよ。少し寝ていい？」

などと宣《のたま》う眠たがり屋、それが大泊少佐だった。

ただ、その見た目に反して大泊の戦績は素晴《すば》らしく、新人の頃から数多《あまた》の魔妖を屠《ほふ》ってきていた。小隊を、あるいは複数の部隊を率いての部隊指揮官としても優秀《ゆうしゅう》で、第二師団の対魔妖戦闘における勝利の多くは、彼女の指揮によるものだった。

そんな大泊が指揮する中隊に抜擢《ばってき》されたのだから、選ばれた部隊からすれば光栄な話のはずだが、喜ぶ者は誰《だれ》もいなかった。その理由は、彼女が厳しい戦闘指揮官であることと、すぐに部下を脱がせたがることにあった。ペナルティーを拒否《きょひ》しようものなら、大泊自ら部下を脱がせにかかるから始末に負えなかった。

もっと始末に負えないのは、ときどき戦闘中に居眠りを始めることだったが、そちらは副官の藤阪が蹴《け》ったり殴ったりして起こしてくれるので、今のところ被害《ひがい》は出ていない。おかげで藤阪はこれまでに何度脱がされたかわからなかったが、それでも彼女は指揮官を起こす手を緩《ゆる》めることはなかった。

副官の鑑《かがみ》とか不撓不屈《ふとうふくつ》の副長などと呼ばれ、周囲から一身に尊敬を集めているのが藤阪中尉なのである。彼女のことを影《かげ》の部隊長などと言う者までいるほどだ。

もっとも、副官の鑑である藤阪も、配下の小隊の隊員がペナルティーを食らって脱がされるのまでは止めてくれないので、大泊麾下《きか》の小隊員はいつも戦々恐々《せんせんきょうきょう》である。

そんな眠たがりで脱がせたがりの「居眠り爆撃姫《スリーピングボマー》」が前に立ったので、三個小隊十六名は緊張《きんちょう》を露《あら》わにして気をつけの姿勢を取った。

二十六名もの討魔《とうま》兵が、極薄の戦闘服に身を包み、多機能型《マルチ》ヘッドセット《ネコミミ》を頭部に着けて勢揃《せいぞろ》いしている様は、なかなか壮観《そうかん》だった。もっとも、そのうちの一人は向山なので、彼だけは少し「壮観」の意味合いが違っていたかもしれない。

「あ〜、いいよいいよ、楽にして」

という大泊の言葉に、全員が休めの姿勢になった。

「でも、寝たらダメだからね？」

（寝るか！）

（あんたじゃあるまいし）

何人かの隊員は、口から出かかったツッコミの言葉をかろうじて呑《の》み込んだ。

「え〜、二乃瀬《にのせ》大佐《たいさ》からの命令で新たな作戦を実行します。作戦内容はもう知っていると思うから詳細《しょうさい》は省くけど、要は元の練馬区役所まで行って、そこを拠点として確保、整備すること。最近、魔妖の発生と活動が活発化しているので、注意しようね。まぁ、たいていの魔妖は淀屋橋小隊がなんとかしてくれると思うけどね」

そんな大泊の言葉に、他《ほか》の小隊員の視線が一斉《いっせい》に淀屋橋小隊に向けられた。淀屋橋小隊にというか、淀屋橋小隊に配属された向山春日《かすが》に、だ。

（あれ？　僕、注目されている？　まぁ無理もないかもね）

本邦《ほんぽう》初の男子討魔兵という特殊性《とくしゅせい》と、その能力の特異さ故《ゆえ》に、今や向山は第二師団中の注目の的なのだ。

向山は期待を重圧に感じることはなかった。何しろ自分でも自分の能力をしっかり把握《はあく》していないのだ。直感的に、これはできると思うことはあるが、理論的な裏付けはない。

魔技補助《アシスト》にしても、できることを知っているだけで、できる理由も、できる理屈《りくつ》も、わからないままだった。

（その辺を少しでも解明したくて、二乃瀬大佐は僕を淀屋橋さんの部隊に組み込み、共に行動させているんだろうけど）

とりあえず向山は、このあいだ出会《でくわ》した魔妖程度なら――あの巨大な肉のサイコロも含《ふく》めて――淀屋橋小隊の面々と自分とで撃破《げきは》できるだろうということはわかっていた。だから廃区の奥まで出張っていく任務でも気後れすることはない。

（でも、あまりハードルを上げられると反動が恐《こわ》いなぁ）

できなくても当然で、できれば儲《もう》けもの。そんな状況《じょうきょう》が、向山ならできて当たり前となってしまったときに問題が生じる。

期待が裏切られたとき、人は失望を覚えるものだ。もしかすると、裏切られたと思うかもしれない。

作戦遂行《すいこう》中に討魔兵が失われたりすれば、その責は任務を命じた二乃瀬大佐でもなく、作戦を指揮した大泊少佐にでもなく、できるはずのことができなかった向山に帰せられるかもしれない。最悪の場合、直接には責任のない淀屋橋小隊の五人にも向けられることになる。向山は、それが嫌《いや》だった。

だから頑張《がんば》ろうと思う。淀屋橋たちのために一生懸命《いっしょうけんめい》働くことが、ひいては自分のためにもなる。

彼はそんな密《ひそ》かな覚悟《かくご》を胸に秘め、廃区へ向かおうとしていた。

自分が倒《たお》れていたという廃区。

そこには何が待っているのだろうか。

自分の喪《うしな》われた記憶《きおく》を蘇《よみがえ》らせるような何かがあるのだろうか。

自分の出自の手がかりとなるような何かがあるのだろうか。

そればかりは行ってみないとわからない。

向山は淀屋橋小隊の一員として再び廃区内に足を踏《ふ》み入れることになった自分の境遇《きょうぐう》に不思議な感懐《かんかい》を覚えるのだった。

3

「進発！」

郡津少尉の号令で、特戦中隊が歩き出す。

駐屯地《ちゅうとんち》の東西と北側は防護壁《ぼうごへき》が取り囲んでいる。高濃度《こうのうど》の魔素《まそ》が廃区から漏れ出し、それに乗って魔妖が廃区外へ彷徨《さまよ》い出てきたときに備えての物だが、幸いというか、今まで防護壁が役に立ったことは一度もなかった。

特戦中隊は南西にある通用門を通って駐屯地の外へ出ると、武庫川小隊、淀屋橋小隊、大泊小隊、貴船小隊の並び順で、縦陣《じゅうじん》隊形を採《と》って行軍を開始した。

大泊少佐は何も説明しなかったが、淀屋橋小隊が二番目に配されているのは、もし魔妖群に遭遇《そうぐう》した場合、向山が魔技補助《アシスト》を行うための時間稼《かせ》ぎを武庫川小隊が行うという意味合いだろう。

ロボ娘《こ》は走るだけなら時速二十五キロくらいは出せるのだが、むやみに速度を上げると外骨格を纏《まと》っている討魔兵に大きな負担がかかるので、大泊としては非常時以外は走らせたくはないところだ。

そもそも今回は背負子に物資を思いきり積んでいるので、走る、走らない以前に、一般《いっぱん》人が散歩する程度の速度しか出せない。全体の行軍速度は足の遅《おそ》いロボ娘に合わせる形とならざるを得なかった。

廃区と中野《なかの》区の境界から少し先は、道路に散乱していた瓦礫《がれき》の撤去《てっきょ》が済んでいる。倒れていた廃《はい》ビル群も破壊《はかい》してあるから、なんの苦労もなく歩ける。

やがて道路に頑丈《がんじょう》そうなバリケードが現れた。

これは、発生した魔妖が道路を伝って一直線に廃区の外へ出てこないように設置されている物だが、現状は気休め程度でしかない。

特選中隊はバリケードを迂回《うかい》して先を急ぐ。

バリケードの先を四、五百メートルほど歩くと、道路上に散乱する瓦礫が増えてくる。

ここから先、瓦礫の撤去はほとんど進んでいない。

撤去のための重機を持ち込めないから、やるとしたら手作業でするしかない。けれど、人海戦術を駆使《くし》するには討魔兵の数は圧倒《あっとう》的に不足していた。

ならばといって、対魔能力のない人間を投入するわけにもいかないのが悩《なや》ましい。魔素の影響《えいきょう》を遮断《しゃだん》する分厚い防護服を着込んでいては、まともに作業ができない。かといって、作業のできる服と装備では、魔素への耐性《たいせい》のない一般人は、すぐ倒れてしまうのだから。

そんなわけで、廃区内では未《いま》だに大量の瓦礫が道路を埋《う》めたままだった。

そんな瓦礫の上を討魔兵たちは軽快に歩いていく。三人のロボ娘も、がしゃこん、がしゃこんという重そうな地響《じひび》きを立てながら、瓦礫を乗り越《こ》えていった。

4

淀屋橋小隊が豊中《とよなか》通りを西進して環七《かんなな》通りの手前まで達したとき、先行する武庫川小隊から緊急《きんきゆう》報告が入った。

「こちら武庫川小隊の門真《かどま》、各隊へ告げる。進行方向右手に高濃度《こうのうど》魔素《まそ》隗《かい》の発生を確認《かくにん》。同時に魔妖の存在も探知。数は四、もしくは五」

通信状況はよく、距離《きより》も近い。各員の小型通信機でも門真の声はクリアに聞こえた。

すぐに大泊小隊からの反応があった。

「こちら大泊小隊の印南《いなみ》、淀屋橋小隊は聞こえているか、どうぞ」

「こちら淀屋橋小隊の椥辻《なぎつじ》、聞こえています、どうぞ」

「こちら印南、淀屋橋小隊の椥辻に告げる。淀屋橋小隊は急ぎ前進、武庫川小隊に合流の後、共同で魔妖に当たりこれを撃破せよ。どうぞ」

「淀屋橋小隊の栩辻、了解《りょうかい》。急ぎ前進し、武庫川小隊と合流の後、共同で魔妖に当たり、これを撃破します。どうぞ」

「ただちに行動を起こせ。どうぞ」

「栩辻、了解。淀屋橋小隊は前進を開始します。どうぞ」

「武運を祈《いの》る。武庫川小隊の門真、聞こえているか、どうぞ」

「武庫川小隊の門真、聞こえています、どうぞ」

「こちら印南、大泊少佐《しょうさ》の命令を告げる。貴隊は淀屋橋小隊が合流し次第《しだい》、共同で魔妖に当たりこれを撃破せよ。大泊小隊と貴船小隊も現場《げんじょう》へ急ぐ。以上」

「門真、了解。武庫川小隊は淀屋橋小隊の合流を待って共同で魔妖に当たり、これを撃破します。どうぞ」

「武運を祈る。以上で通信を終える」

5

武庫川小隊と淀屋橋小隊間の距離は大して離《はな》れていなかったから、淀屋橋小隊はすぐに武庫川小隊に追いついた。

「トキーコ、待っていましたでぇす」

物陰《ものかげ》に身を潜《ひそ》めていた武庫川が立ち上がり、大きく両手を広げた。

（あのポーズは思いきり巨乳《きょにゅう》が強調されるよなぁ）

と烏丸は内心で舌打ちする。

「お待たせ、武庫川中尉《ちゅうい》」

淀屋橋が少し弾《はず》む息を抑《おさ》えてそう言うと。

「待ってはいませんネ。トキーコはわたしのラブコールにすぐに応《こた》えて来てくれたです。

トキーコの愛を感じました」

「そ、そうかしら」

珍《めずら》しく淀屋橋がたじたじになっている。

「武庫川中尉って、なーんか朱鷺瑚さんに懐《なつ》いてるよな」

と烏丸が隣《となり》の太秦に囁《ささや》くように言うと、彼女は小さく頷《うなず》いた。

「そうね。他の隊長連は、だいたい朱鷺瑚さんを煙《けむ》たがっているものね。珍しいわよね」

「魔妖の動きは？」

「今のところ大きな動きは見せてないですネ」

「魔妖の強さは？」

「ここから観測する限りは、特Ａ級が三か四にＡ級が一《ひと》か二《ふた》、ですネ」

「そう。それならばわたしたちだけで対応できるわね」

「もちのロンで一気通貫《いっきつうかん》ですヨ」

武庫川がそう応えると、烏丸が太秦に顔を寄せた。

「おっぱい中尉の今の、なに？」

「おっぱい中尉って……酷《ひど》い呼び名ね」

「わかりやすくていいだろ」

「わかりやすいけど、いいかどうかははなはだ疑問だわね。それを言うなら、朱鷺瑚さんだっておっぱい中尉じゃないの」

「じゃあ、朱鷺瑚さんが大盛りおっぱい中尉で、武庫川中尉が特盛りおっぱい中尉」

「わけわからないんだけど」

「それより。さっきの、なんなの？」

「ああ、武庫川中尉、最近、麻雀《マージャン》に嵌《は》まっているのだそうよ」

「それで、ロン、一気通貫かよ」

などと、烏丸と太秦が無駄話《むだ》をしていると淀屋橋が睨《にら》んできたので、二人は慌《あわ》てて口を噤《つぐ》んだ。

「武庫川中尉、接近してこちらから攻撃《こうげき》しましょうか。どちらが指揮を？」

「少佐はなんにも言ってなかったですネ。この場合、先任であるトキーコが指揮を」

いいのかしら、という目で淀屋橋が武庫川の後ろにいる北大路《きたおおじ》曹長《そうちょう》を見やった。彼女は武庫川小隊の副官格だから、いちおう確認を求めたわけだ。

北大路麻夏《まなつ》は肩《かた》をすくめ、いいのではありませんか、と言った。

「階級的にはそれで問題ありません。もっとも、おっぱい的にはうちの隊長のほうが上ですけど」

「そ、そうね。おっぱい的にはね」

引き攣《つ》った笑《え》みで頷く淀屋橋だった。

「ではトキーコ、指示をくださいナ」

淀屋橋は背後を振《ふ》り返り、栁辻に訊《き》く。

「カガちゃん、もう場所は特定できている？」

「魔素濃度《のうど》が高いので、すべての魔妖の位置までは特定できていませんけど、今のところ魔妖は魔素隗と共に移動しているようなので、問題ないですよう」

「わかったわ」

顔を戻《もど》した淀屋橋は、武庫川に向かって言った。

「魔妖がバラけていないのなら、このまま全員で突撃《とつげき》しましょう」

「突撃⁉　全員で⁉」

武庫川は驚《おどろ》きに目を瞠《みは》った。

「ですがトキーコ、敵の戦力が完全に把握《はあく》できていないうちに迂闊《うかつ》に近づくのは危険ではないですカ？」

「ケイちゃんがいるから問題ないわよ？」

そう淀屋橋が応えると、武庫川は淀屋橋の背後にいる墨染に、ちらっと視線を走らせた。

「ケイーカの魔技《マギ》なら魔妖の攻撃を防げるのでしょうケド、十人もの人間を守れはしないのデハ？」

「守れます。問題ないわよ？」

「⁇」

武庫川は首を捻《ひね》るが。

「うちの隊には彼がいるから。向山君！」

淀屋橋が手招いたので、向山が進み出てきた。

「向山春日二士よ。こちら、武庫川小隊の小隊長、武庫川琴座《ライラ》中尉」

「あ、どうも。向山春日二士です。よろしくお願いします」

相変わらず向山の敬礼は様になっていなかったが、武庫川はそこを咎《とが》めるようなことはしなかった。代わりに、彼の全身に無遠慮《ぶえんりょ》な視線を這《は》わせている。そのお返しというわけではないだろうが、向山のほうも不躾《ぶしつけ》な視線を武庫川の胸部にロックオンさせた。

(近くで見ると……凄《すご》い。デカい。高い。なんだ、この胸。淀屋橋さんのも普通《ふつう》じゃないと思ってたけど、さらにその上を行ってるぞ)

突然《とつぜん》、北大路が叫《さけ》んだ。

「貴様、どこを見ている!」

慌てて向山が視線を逸《そ》らせた。

「武庫川小隊長のおっぱいを間近で観賞していいのは、我が小隊の者以外には、小隊長が認めた者だけだ。昨日、今日、戦女三師団《トリスケリオン》に入ったばかりの貴様に、そんな真似《まね》が許されると思ってるのか!」

「あ、その、すみません」

「マナーッ? わたしはそんな許可を出した覚えはありませんケド?」

「小隊長お手製の許可証をいただいております」

「ハイ? え? わたし、いつそんな許可出しましたカ?」

「許可証には、しっかりと小隊長の拇印《ぼいん》が押されております。おっぱい観賞許可証だけに、拇印が押してある……ぷはっっ」

大真面目《おおまじめ》な顔で応えていた北大路が、突然、噴《ふ》いた。

「おっぱいだけにボイン。あは。あははは」

「あの、えぇと？」

（大丈夫《だいじょうぶ》なのかな、この人）

困った顔で向山が武庫川を見ると、彼女は諦《あきら》めたような顔で肩をすくめた。

「マナーツは、ときどき自分の言ったことが自分のツボに入ってこうなるのですネ。放《ほう》っておきましょう。それより対魔妖戦闘《せんとう》に赴《おもむ》かなくてハ」

そう言って、武庫川は向山から淀屋橋へ視線を戻した。

「彼の魔技補助《アシスト》があれば、ケイーカの魔技《マギ》で十人を保護できるのですネ？」

「ええ。すでに一度、経験済みです」

「ならば、それを信じましょう。マナーツ！」

「あ……ああ、はい、小隊長。今度からは許可証に拇印ではなくボインを押したらどうでしょう。これが本当のおっぱい許可証、なんちゃって。あはは」

どげし！

武庫川がいきなり北大路の足を蹴《け》った。

「いつまでも巫山戯《ふざけ》ていると、おっぱい許可証を取り上げますヨ？」

「それだけは勘弁《かんべん》してください！」

「なら、すぐに隊員に準備させなさい」

「は。了解であります」

北大路はその場で回れ右すると、近くで待機していた三人の部下のところへ駆《か》け寄っていった。

「いいなぁ、おっぱい許可証。僕もほしいなぁ。淀屋橋さん、出してくれないかなぁ」

「はい？　向山君、いま何か言ったかしら？」

「いえ？　全然なんにもこれっぽっちも言ってませんけど？」

「本当に？」

淀屋橋が疑わしそうな視線を向けてきたので、向山はだらだらと冷《ひ》や汗《あせ》を流す。

「本当にまったく何も言ってませんので、お気になさらずに。それよりも早く魔妖を追わないといけないのでは？」

「ええ、そうね。ケイちゃん」

淀屋橋に呼ばれて墨染が進み出てきた。

そのあとから烏丸、太秦、椥辻が続いた。

「武庫川中尉、そちらも全員を集めてください」

「了解《りょうかい》だネ、トキーコ」

淀屋橋に向かって手を挙げた武庫川は、顔を巡《めぐ》らせ、北大路を呼んだ。

「マナーツ、皆《みな》をここへ」

「は。小隊長」

北大路以下の四人が武庫川の下《もと》へと集まってきた。

「ケイちゃん、向山君、お願いね」

「はい」

と頷いて向山が一歩、前に出る。

「では行きます、墨染さん」

進み出た墨染が向山に背中を向け、両手を前に伸《の》ばした。

すると向山も右手を伸ばした。

彼の右の掌《てのひら》は墨染の背中に押し当てられることなく空いている右脇《わき》を通過して、そして。

右の掌は包み込むように墨染の右胸にそっと置かれた。彼の右手の動きはじつに自然で優《やさ》しくて、墨染は胸を触《さわ》られていることに気づくのが遅《おく》れるほどだった。

自分の魔力《まりょく》が膨《ふく》れ上がるのを感じたとき、墨染は同時に胸を触られていることも感じた。

「え？　これ……」

（なんという自然で滑《なめ》らかな動き。完全に虚《きょ》を突《つ》かれてしまった）

どうしようかと墨染が迷っていると。

どごん！

いきなり向山の後頭部に淀屋橋の拳骨《げんこつ》が炸裂《さくれつ》した。

「あうちっ！」

「向山君、どこを触っているの？」

「え？　どこって……あれ？」

向山は驚いたように右手を離《はな》し、急いで墨染の背中に置き直した。

「おかしいな。僕、いつの間に……」

それを見た烏丸、太秦、栂辻が囁《ささや》くような声で言う。

「わざとらしいな」

「完全にわざとよね」

「いいですねぇ。わたしも胸を触ってくれないかなぁ。むしろ揉《も》んでくれないかなぁ」

淀屋橋の目が細められた。

「わざとね？　わざとケイちゃんの胸を触ったのね？」

「ちち違《ちが》います。うっかりというか、よくわからないうちに手が伸びていて」

「今度そんな真似したら、有無《うむ》を言わさず向山君の大事な金の玉を蹴り潰《つぶ》しますけど？」

（そんなもったいないことしちゃダメですよう～）

栁辻が声にならない叫びを上げる。

「しません。もう全然まったくしませんから大丈夫です」

向山は壊《こわ》れた首振り人形のように、ひたすら首を前後に振った。

呆《あき》れた顔で見守る武庫川小隊五人の視線を感じながら、淀屋橋は小さなため息を吐《つ》く。

「で？　どうなの、ケイちゃん？」

「来てる。確実に魔力は膨らんでいる。胸を触られたのには驚いたけど、問題はないので安心して、朱鷺瑚さん」

墨染本人があまり気にしていないようなので、淀屋橋もそれ以上、向山を追及《ついきゅう》するのは止《や》めておく。

「じゃあ、急いでね？」

「了解、朱鷺瑚さん」

墨染は練り上げた魔力を伸ばした両腕《りょううで》に流し込んだ。

「退廃的防御天蓋《デカダンスドーム》、発動。タイプ鳥籠《バードケージ》。半径を五メートルに設定」

墨染の防御天蓋《ドーム》は視認《しにん》できるものではなかったが、武庫川小隊の五人は魔技《マギ》による結界が自分たちを覆《おお》ったのを、はっきりと感じ取った。

前後左右を見回した北大路が感心の声を上げる。

「凄いな。本人含めて十一人を収容して、まだ余裕《よゆう》があるっぽい」

「これなら、詰《つ》めれば二、三十人くらい入れそうじゃないですカ?」

そう言う武庫川も驚《おどろ》きに目を瞠《みは》っていた。

「そこまでぎゅうぎゅう詰《づ》めになりたくはありませんけど」

「いつもより大きいのですネ、トキーコ?」

淀屋橋が答えるより早く、烏丸が横から口を挟《はさ》んできた。

「いつもの墨染の防御天蓋《ドーム》が北大路曹長《そうちょう》のおっぱいだとしたら、今の墨染のそれは、武庫川中尉《ちゅうい》のおっぱいですよ」

「わたしを喩《たと》えに使うな、烏丸!」

「その喩えがいちばんわかりやすそうだったんで」

「それを言うなら、いつもはおまえのおっぱいで、今のが淀屋橋中尉のおっぱいだ、でも同じだろうが!」

「いや、こちら側で喩えるなら、いつもは墨染本人のおっぱいだ、になるんで」

「相変わらず烏丸曹長が酷《ひど》い」

防御天蓋《ドーム》を張り終えた墨染は、ぼやきつつ淀屋橋を見やった。

「いいよ、朱鷺瑚さん。これで魔妖からの攻撃《こうげき》は防げるはず」

「了解、ケイちゃん。じゃ、急ぎましょうか」

十一人は墨染を中心に置いたまま、発生した魔素隗《まそかい》に向かって走った。

6

「魔妖を視認した！」

最前を走っていた太秦が右手を上げ、十人は急停止する。

十階建ての廃《はい》ビルの壁《かべ》に巨大《きょだい》な蛭《ひる》のような魔妖が張りついている。

そのすぐ横には、瓦礫《がれき》で埋《う》まった道路上に細長い棒のような魔妖が直立している。

少し後方にいる魔妖は、中間で折れ曲がるコンパスのようだった。道路の上で二本の足を広げている様は、遠目にはそこに歩道橋でもあるのかと錯覚《さっかく》しそうな形状だ。ご丁寧《ていねい》にコンパスのつまみのような物が上に載《の》っている。あれが頭部なのだろうか。

残りの魔妖はそこからでは見えなかった。空間が陽炎《かげろう》のように揺《ゆ》らいでいるのは、魔素濃度《のうど》が高いせいだろう。

「カガちゃん、どう？」

バイザーに映し出された魔妖を示す赤い点を見ていた栴辻が応《こた》えた。

「反応を見る限り特A級が三とA級が二《ふた》ですかねぇ。もしかすると後方の一つも特Aかもしれませんけど、魔素濃度が濃《こ》くて判然としないですよう」

栴辻の言葉に、淀屋橋は微笑《ほほえ》みを浮《う》かべたまま頷《うなず》いた。

「特Aが四だとすると少し厄介《やっかい》ね。でも、ま、なんとかなるでしょう」

頷いた淀屋橋は烏丸に声をかける。

「セッちゃん、どちらが行く？」

どちらとは、烏丸か太秦のどちらが最初に攻撃を加えるか、ということだ。

進み出た烏丸が前方に立つ太秦の背中に声をかけた。

「あたしから行く。いいよな、太秦？」

「はいはい、どうぞ」

そう応えて、太秦が後ずさりしてくる。

墨染の背中に手を当てたまま、向山が頷いた。

「では、烏丸さん、手を触《ふ》れますので、僕のほうを向いて僕の前に立ってください」

「あ？　なんでお前のほうを向くんだよ？」

「あ、間違《まちが》えました。僕に背を向けて、でした」

「おまえ、学習しない奴《やつ》だな。こんどやったらキン○マ蹴り潰されるんだろ」

「そ、そうデスね。気をつけます」

ジト目になって向山を見る烏丸だったが、すぐに気を取り直し、彼の前に立った。もちろん背中を向けて、だ。

その背中に、向山が空いてる左手を伸ばした。

彼の掌が触れた瞬間《しゅんかん》、烏丸は自分の体が波打つような錯覚を覚える。

（波打つっていうか、体が膨れ上がってそのまま爆散《ばくさん》しそうなこの感覚。あたしはリア充《じゅう》じゃないのに。相変わらず無茶苦茶だな、こいつ）

烏丸の魔力が膨れ上がるのは、近くにいた武庫川小隊の隊員にも感じ取れた。

「悪い、前、空けて」

と烏丸が声をかけると、北大路、曽根《そね》、須崎《すざき》、門真の四人は慌《あわ》てて立ち位置を変えた。

烏丸は膨れ上がった魔力を練り上げていく。

「液体窒素槍《ニトロジエノン》、発動！」

烏丸の周囲の空間に、三十本の液体窒素槍《ニトロジエノン》が浮かんだ。

「凄《すご》いな」

北大路が思わず感嘆《かんたん》の声を漏《も》らすと、烏丸の魔技《マギ》をよく知らない須崎が囁くような声で訊《き》いてきた。

「凄いんですか？」

「ああ、凄い。あいつ、いつもは五、六本だろう。頑張《がんば》っても十本とか十五本とかだったはずだからな。軽々と三十本……はあり得ない数だ」

「つまり、それって、あいつの」

須崎が視線を向山に向けたので、北大路も同様に視線を向山の背中に向けた。

「だな。あいつの魔技補助《アシスト》の効果ってことだな」

「発射《シュート》！」

烏丸のかけ声と共に液体窒素槍《ニトロジエノン》が眩《まばゆ》く光り輝《かがや》き、同時に空中を滑《すべ》り出す。

槍《やり》は静かに急加速して飛び去っていった。

跳《と》んだ槍のうち十二発が、いちばん手前にいた壁に張りつく蛭に命中した。

たちまち魔妖は凍《こお》りつき、壁から落ちて粉々に砕《くだ》け散った。

「おお、凄い！」

固唾《かたず》を呑《の》んで見守っていた武庫川小隊の面々から感嘆の声が上がる。

「このくらい、どってことないな」

烏丸は鼻高々といった体《てい》で胸を張る。

しかし。

残りの二体に向かって飛んだ残り十八発の槍は、悉《ことごと》く外れてしまう。

「あ、あれ？　おかしいな」

外れた液体窒素槍《ニトロジエノン》のある物は宙に消え、ある物は地に潜《もぐ》り、そのまま消滅《しょうめつ》した。

「おいおい、どうした烏丸曹長？　腕《うで》が鈍《なま》ったんじゃないのか？」

北大路が揶揄《やゆ》の声をかけてきたが、烏丸は言い返せない。

「おっかしいな。この距離《きょり》で外すとか、あり得ないんだけど」

「あ、そうか」

烏丸の肩越《かたご》しに見やっていた向山が声を上げた。

「なんだ？」

「細いんですよ。いえ、細すぎるんですよ」

「は？　細いって何が……あ！」

「そうです。烏丸さんの槍はピンポイント打撃の攻撃法ですけど、あの魔妖二体の形状が細すぎて、その攻撃だと当たりにくいんですよ。ちょっと位置をずらされただけで躱《かわ》されてしまいます」

烏丸は、ぎり、と歯噛《はが》みして、忌々《いまいま》しそうに棒のような魔妖とコンパスのような魔妖を睨《にら》みつけた。

「ちっ、仕方がねえ。太秦、交代」

「まぁ、そういうこともあるわよ。泣かない、泣かない」

と言いながら太秦が進み出てきた。

「泣くかっ！」

向山の手から離《はな》れると、烏丸は軽く右手を上げて掌《てのひら》を太秦に向けた。

ぱん、と掌を合わせると、今度は太秦が向山に背中を向けて立った。

「よろしくね、向山」

「はい、太秦さん」

烏丸のときと同じように、向山が左の掌を太秦の背中に押し当てた。

体内で膨《ふく》れ上がる魔力を感じつつ、太秦は脳裏《のうり》に輝く太陽をイメージする。

「超高熱炎弾《リトルサンフラワー》、生成」

太秦の右手と左手から眩い光球が出現し、大きく成長しながら浮上《ふじょう》していった。

直径二メートルほどの灼熱《しゃくねつ》の光球が二つ、太秦の頭上五メートルほどのところに浮かん

でいる。

「まだよ、まだ行ける」

光球はふわりと高度を上げつつ、さらに大きさを増していく。光球の直径は五メートルほどに成長した。

「超高熱炎弾《リトルサンフラワー》、投擲《スロウ》！」

光球はゆっくりと動き出し、ゆるゆると速度を上げながら二体の魔妖に向かって飛んでいった。

太秦は、すかさずもう一個の炎弾《えんだん》を出現させた。

第二波攻撃用の炎弾を頭上に浮かべつつ、太秦は放った炎弾の軌道《きどう》を修正する。

単独ではできない離れ業《わざ》も、向山の魔技補助《アシスト》を得た今ならそれほど苦労せずにできた。

このとき二体の魔妖は淀屋橋小隊と武庫川小隊のほうへ移動を始めていたが、その移動法が、また面妖《めんよう》だった。

棒は伸《の》び縮《ちぢ》みを繰《く》り返しながら跳んで移動している。その動きは、棒というより発条《ばね》のようだった。

全長が十メートルほどの棒状の魔妖は、一瞬《いっしゅん》で一メートルほどに縮み、元の長さに戻《もど》る反動を利用して斜《なな》め上に跳ぶ。跳んでいる間に全長十メートルの棒に戻って、そのまま十数メートル先に着地する。そんな動きである。

もう一体、コンパス魔妖は、大きく広げて曲げた二本の足——本当に足かどうかはよくわからないが——を交互《こうご》に進ませて歩いてくる。

「相変わらずキモさがハンパないな」

烏丸が眉《まゆ》を顰《ひそ》めてそう言うと、すかさず墨染が応じてきた。

「本当に。虎《とら》の罠《わな》でBL同人誌を漁《あさ》っている栁辻士長のキモさといい勝負」

「墨染一士が酷《ひど》いですよう」

「おまえ、こんなに大きな防御天蓋《ドーム》を保持してるのに、余裕《よゆう》だな」

「春日のおかげ。今のわたしには防御天蓋《ドーム》を保持したまま冗談《じょうだん》を言うくらい朝飯前」

「そりゃ、いいことだ」

（仮に今、魔妖に攻撃《こうげき》されても、確実に墨染の魔技《マギ》が防いでくれるな）

烏丸は余裕綽々《しゃくしゃく》で前方を見やった。

進んでくる魔妖に、太秦の放った光球が接近していた。

光球は烏丸の液体窒素槍《ニトロジエノン》ほど速度が出ないが、その代わり軌道を修正できる。

太秦は巨大な眩い光球を操《あやつ》り、移動する魔妖にぶつけようとする。

コンパス魔妖が光球を避《よ》けようと足を動かした。しかし、完全には避けきれなかった。

光球は片方の足の下半分を溶《と》かして消した。

片足になったコンパスは自分の体を支えきれずに瓦礫の上に倒《たお》れ込んだが、倒れたまま、頭部と思われるつまみ部分をずりずりと移動させていく。

誰《だれ》かが悲鳴のような声を上げた。

「なんだ、あいつ！　頭が移動してるぞ！」

その声と同時に、太秦は三発目の超高熱炎弾《リトルサンフラワー》を放った。

コンパスのつまみは、まともな足と半分になった足の中間点まで移動して止まる。すると今度は、そこが開脚《かいきやく》部分の中心点となった。先ほどよりも背が低くなったが、魔妖はまたも二本の足を広げて立ち上がる。

しかし。

再び立ち上がって移動を開始したところに、三発目の超高熱炎弾《リトルサンフラワー》が降ってきた。今度は魔妖にも避ける余裕がなかった。炎弾はコンパスの中央に命中し、頭部と思われるつまみ部分と、その左右に繋《つな》がる両足の上部が灼《や》かれ、蒸発した。残った両足の下部は、ゆっくりと道路に倒れ込み、そのまま二度と動かなかった。

もう一体の棒魔妖は、伸びたり縮んだり跳んだりしているので、太秦もなかなか炎弾を当てられないでいる。

炎弾が迫《せま》り来ると、いきなり縮み。

炎弾が通り過ぎると、大きく跳《は》ね。

一気に距離を縮めてくる。

外れた炎弾を戻し、背後からぶつけようとしても、魔妖はまたも縮み、炎弾は外れてしまう。

追いかけっこに焦《じ》れた太秦は、魔妖が縮んだところを狙《ねら》おうとして地面すれすれに炎弾を飛ばしたが、なんと魔妖は上に向かって縮んだ。縮んだというより、見た目には上部に吸収されたような感じだ。

一メートルほどに縮んだ魔妖が、空中高く浮《う》かんでいる。

炎弾は何もなくなった空間を灼きつつ、地面にぶつかり、そのまま沈《しず》んでいった。

「あ、しまった」

太秦は地団駄《じだんだ》を踏《ふ》む。

彼女の攻撃に限らず、討魔士《とうまし》の攻撃は魔力――討魔能力――によるものだから、無機物にはほとんど影響《えいきょう》がないのだ。それどころか、無機物に触《ふ》れるとコントロールが効きにくくなったり、魔力が減じたりする。

太秦の超高熱炎弾《リトルサンフラワー》は地面に潜り込んだまま、二度と浮かんでこなかった。

一瞬、宙に浮かんだ棒魔妖は、太秦を嘲笑《あざわら》うかのようにその体を伸ばし、また十メートルの棒となって地面に立った。

太秦は続けて二発、三発と炎弾を出して魔妖に向かって放ったが、悉《ことごと》く攻撃はかわされてしまった。

「なんか……いちばんアホらしい形のヤツが、いちばん手強《てごわ》いな」

と烏丸が感心したような呆《あき》れたような声を漏《も》らす。

「感心してる場合じゃない。あと一跳びか二跳びで、ここに届くぞ」

北大路が不安そうな顔で太秦と迫り来る魔妖を交互に見やった。

「わたしのじゃダメそうね」

太秦は悔《くや》しそうな顔で向山の手から背中を離した。

「お、おい、太秦？」

北大路や曽根、須崎が焦《あせ》りの顔を向けると、武庫川は淀屋橋の顔を見やった。

「トキーコ」

「大丈夫《だいじょうぶ》よ？」

「トキーコがそう言うなら、間違《まちが》いないでしょう」

武庫川の言葉に、北大路たちが落ち着きを取り戻す。

　太秦は騒《さわ》がず慌《あわ》てず、

「栁辻」

　と呼んだ。

「あれにはあんたのほうが効果的でしょ」

「了解《りょうかい》ですよう」

　栁辻が墨染の隣《となり》に立った。

　向山のほうを向いて。

「さぁ春日、思う存分に魔技補助《アシスト》を」

　そう言って栁辻が上体を反らせ胸を突《つ》き出した。

「少なくとも墨染一士の胸よりは触《さわ》りがいがあるですよう」

　隣に立った栁辻に、墨染がぼそりと嫌《いや》みを言う。

「相変わらず栁辻士長が最低で最悪」

「嫌だわ、カガちゃんたら、何をやっているのかしら」

　淀屋橋が引き攣《つ》った笑《え》みを浮かべ、栁辻を睨みつけた。

「そんなに胸を揉《も》まれたいの？　だったらわたしが揉んであげましょうか？　思いっきり揉んだり引っ張ったりして、最終的に引きちぎってあげるわよ？」

「ごめんなさいぃ、間違えましたぁ」

椥辻はくるりと回れ右をして直立不動の姿勢を取った。

「やってください！」

向山は苦笑《くしょう》しながら左手を伸ばす。

「行きますよ」

向山の手が触れた瞬間《しゅんかん》、電流にも似た衝撃《しょうげき》が椥辻の全身を駆《か》け巡《めぐ》る。同時に魔力が爆発《ばくはつ》的に増大するのがわかった。

「お出《い》でませ！　可愛《かわい》い魔喰《まく》いの黒猫《くろねこ》よ！」

道路を覆《おお》う瓦礫《がれき》の上に無数の黒猫が湧《わ》き出した。その数、ざっと六十、七十はいる。そしてまだ増えている。

最終的には百を超《こ》え、墨染の展開している防御天蓋《ドーム》の中は溢《あふ》れ返る黒猫の群れで埋《う》め尽《つ》くされそうとしていた。

「来るぞ！」

上空を見上げていた烏丸が叫《さけ》んだ。

棒魔妖が空から降ってきた。

「大丈夫。あの程度ならケイちゃんが防いでくれるわよ？」

急降下してきた棒魔妖の下端《かたん》が墨染の展開する退廃的防御天蓋《デカダンスドーム》に接触《せっしょく》し、辺りの空気がびりびりと揺《ゆ》れた。魔妖と墨染の魔力が衝突《しょうとつ》し、押し合い圧《へ》し合いしているのだ。本来なら見えない防御天蓋《ドーム》が、激しく明滅《めいめつ》した。

結局、魔妖は十一人の頭上五メートルほどのところで止まったままで、それ以上は下りてこなかった。

やがて魔妖は防御天蓋《ドーム》に押し戻されるように空中へ跳ね、少し先の地面に下りた。その瞬間を待っていた栁辻が号令をかける。

「行きますよう。猫ネコ大行進《プシキャットマーチング》！」

黒猫の群れが走り出した。防御天蓋《ドーム》から走り出た大量の黒猫が魔妖目がけて走り寄る。不穏《ふおん》な気配を察知したのだろう、棒魔妖は縮んだ。縮み、その反動で伸び上がり、跳《と》び上がろうとした。

したのだが。

全長が一メートルほどに縮んだ魔妖に向かって大量の黒猫が躍《おど》りかかった。

あっという間に棒魔妖は黒猫に覆われ見えなくなる。

次の瞬間、棒魔妖は大きく伸び上がり、空中に跳んだ。

高く跳んで、二十メートルほど離《はな》れた場所に着地する。

しかし。

全長十メートルにまで戻った魔妖の全身は黒猫に覆われたままだった。

くすんだ灰色のひょろ長い棒は、今や真っ黒な棒に変化している。

棒魔妖は黒猫を振《ふ》るい落とそうとして激しく震《ふる》えたが、棒魔妖に爪《つめ》を食い込ませ、あるいは齧《かじ》りついている黒猫は、何匹《びき》かが振るい落とされたものの、大半は棒魔妖に取りついたままだった。

黒猫は魔妖に牙《きば》を立て、貪《むさぼ》るように齧り、爪で引きちぎっていく。

みるみる棒魔妖は痩《や》せ細った。

直径七十、八十センチの巨木《きょぼく》の幹のようだった魔妖が、今やその直径は二十、三十センチしかない。黒猫は、猫というより、木の幹を齧って削《けず》るビーバーのようだ。

やがて棒魔妖の中央部分が消滅《しょうめつ》した。

支えを失った上部が、ぼとり、と地面に落下した。

振るい落とされたり、あるいは棒魔妖に取りつけなかったりして地上で待機していた残りの黒猫が、落ちてきた上半分に襲《おそ》いかかった。

黒猫の大群に埋もれた棒魔妖の半分は、あっという間に食い尽くされた。今や下半分も残りは四分の一といった有様だ。

「凄《すご》いな、おい」

「ですね。特A級魔妖三体を、一人で一体ずつ屠《ほふ》っちまうなんて」

「しかも鎧袖一触《がいしゅういっしょく》って感じの圧勝ですからね」

「向山春日の魔技補助《アシスト》、ハンパないすね」

「わたしもあいつ、ほしいな」

「え？　北大路曹長《そうちょう》、男ほしいんですか？」

「そういう意味じゃないよ！　あいつの魔技補助《アシスト》があれば、わたしらだって特A級魔妖を蹴散《けち》らせるようになれるじゃないか」

「ああ、そういう」

「でも、淀屋橋小隊以外だと、あいつの魔技補助《アシスト》、働かないんですよね？」

「どうかな。今までの治験者には効かなかっただけで、淀屋橋小隊以外の隊員にも、もしかしたら効くかもしれないじゃないか」

「ですかねぇ」

「おそらく、上層部はそれを確かめようとしている。今回の任務は、それも込《こ》みだ」

「ああ、なるほど」

「どこかで試《ため》す機会が来るといいんだけどな」

「そうですよね。男に体触られるのがどんな感じか、試してみたいですよね」

「だから、そっちじゃないよ」

などと、武庫川小隊の四人がひそひそ話をしているあいだに、黒猫群は棒魔妖を綺麗《きれい》さっぱり食い尽くしてしまった。

それを確認《かくにん》すると、淀屋橋は武庫川に声をかける。

「武庫川中尉《ちゅうい》、残りの魔妖は？」

栁辻の魔技《マギ》の凄《すさ》まじい攻撃力《こうげき》に見とれていた武庫川が我に返った。

「ユゥリ。残り二体はどうなっていますカ？」

須崎一士は慌てて魔力源探査の結果を多機能型《マルチ》ヘッドセット《ネコミミ》のシールドに表示させた。

「……あ。大泊小隊と貴船小隊が接敵しそうです」

皆《みな》も急いで敵味方の位置をモニターに表示する。

なるほど、魔妖を示す二つの赤い点が友軍を示す緑の点の間近に迫《せま》っていた。

「トキーコ、急いで応援《おうえん》ニ」

「そうね。大泊少佐《しょうさ》の部隊ならA級魔妖二体に後れを取ることはないでしょうけど、座して見ているわけにもいかないものね」

「ザシテ……ざして？」

座するという単語は武庫川中尉の辞書には載《の》っていないようで、彼女が首を捻《ひね》った。

「あ、ええと、黙《だま》って見ているわけにはいかない、ということね」

「おお、それはいかないですネ。では、急いで現場に向かうとしましょうカ」

「カガちゃん、そちらはもう終わっている？」

「終わっていますよう。棒は綺麗さっぱり食べ尽くしましたぁ」

「ケイちゃん、防御天蓋《ドーム》を解除して」

「了解。退廃的防御天蓋《デカダンスドーム》、解除」

十一人を覆っていた防御天蓋《ドーム》が消滅した。といっても、見た目には何も変わってはいないのだが。

「では、急ぎましょう」

淀屋橋小隊と武庫川小隊の十一人は、大泊小隊と貴船小隊のいる場所を目がけて走った。

7

淀屋橋小隊と武庫川小隊が駆けつけたとき、すでに大泊小隊と貴船小隊は特ＡとＡの二体の魔妖を撃滅《げきめつ》していた。

「さすがは大泊小隊」

淀屋橋は安堵《あんど》の息を吐《は》く。

（Ａや特Ａ魔妖の二体や三体なら問題はありませんね）

大泊は淀屋橋と武庫川からの報告を受けた後、前進を再開させた。

縦陣《じゅうじん》隊形は変わらなかったが、少佐は、淀屋橋小隊、大泊小隊、武庫川小隊、貴船小隊という並び順にした。

中隊はそのまま目白《めじろ》通りまで何事もなく進出した。ここまで来れば、かつての練馬駅まではもうすぐだ。

先頭を行く淀屋橋小隊が目白通りを進んでいくと、駅前のビル群が倒壊《とうかい》してしまったせいで寸断されたままになっている高架《こうか》の鉄路が遠望できた。練馬駅には都営地下鉄大江戸《おおえど》線も通っていたのだが、そちらも寸断されたままで、復旧の見通しは立っていない。

かつては大いに賑《にぎ》わっていたこの付近も、倒壊したビルと散乱する瓦礫が目につくだけの廃墟《はいきょ》と化し、野良犬や野良猫《のらねこ》の一匹すら見当たらなかった。

静寂《せいじゃく》と死の気配が辺りを覆っている。

先頭を行く烏丸が振り返り、後方を歩いている栂辻に向かって声を張り上げた。

「栂辻ぃ、魔素の濃度《のうど》はどうよ？」

「今はまったく常態ですねぇ。魔妖の発生もありませんよう！」

「この辺りで特Aが三つも四つも出るってのがすでに常態じゃないけどな」

烏丸の隣を進む太秦が口を挟《はさ》んでくる。

「こうしてまったく出ないってても何か不気味ね。いつもならCやDがこの辺をうろついているはずなのにね」

二人が最前を行くのは、遠距離攻撃《えんきょりこうげき》が可能な魔技《マギ》持ちだからである。

遠距離攻撃が可能という意味では、淀屋橋も椥辻もそうなのだが、二人の魔技《マギ》は効果を発揮するまでに時間がかかる。淀屋橋の場合は、蒔《ま》いた種が芽を出して魔妖の魔力を吸い始めないとならないし、椥辻の場合は、魔力で創《つく》る黒猫の数を増やすのに時間がかかる。

黒猫は単体だと吹《ふ》けば飛ぶような攻撃力しかないから、ある程度以上の数を出さないと、魔妖にダメージを与《あた》えるのは難しいのだ。それに比して烏丸と太秦は、即座《そくざ》に魔技《マギ》を発動できる上、発動してしまえば、そのまま魔妖にダメージを与える攻撃が可能になる。

というわけで、淀屋橋小隊単独で、あるいは他隊と組んで淀屋橋小隊が先頭を進む場合など、二人が先頭を歩くことが多いのだった。いつもと違《ちが》うのは、二人の背後に向山が従《つ》いていることだった。

先ほどのように魔妖の存在を予《あらかじ》め察知して準備ができる場合は問題ないが、唐突《とうとつ》に遭遇《そうぐう》することもある。その場合、向山が後方にいては、烏丸と太秦のところまで進み出る時間が必要になるから、二人の反撃が遅《おく》れることになる。

もちろん二人だけで魔技《マギ》を振るってもいいのだが、向山の魔技補助《アシスト》がないと、特AやSには大ダメージを与えられない。一方、こうしてすぐ後ろに控《ひか》えていれば、魔妖に出会《でくわ》して攻撃命令が下った瞬間に、向山は烏丸と太秦に触《ふ》れられる。だから向山は、二人のすぐ後ろを歩いているのである。

烏丸と太秦、その後ろに向山、さらにその後ろに淀屋橋がいて、最後尾《さいこうび》に栂辻と墨染が続いている。

左手に練馬郵便局だった廃ビルが見えてきた。あれを過ぎれば、すぐに元の区役所だ。

「朱鷺瑚さん、区役所到着《とうちゃく》だよ」

先頭を行く烏丸が大きな声を上げ、淀屋橋が安堵の息を吐《は》いて応《こた》えた。

「何事もなく無事に着けたわね」

「何事もなくっていうか、一回、戦闘《せんとう》したけどね」

「あの一回だけだから、まだ運がよかったと言えますよねぇ」

と栂辻が言うと、そうね、と太秦が続いた。

「C級やD級でも、次から次へと出会すと、退治するだけで魔力を消費するものね。で、そのあと特AやSに出会したら目も当てられないわ」

　すると墨染が、ぼそりと呟《つぶや》いた。

「朱鷺瑚さんの日頃《ひごろ》のおっぱいが大きいから」

「嫌《いや》だ、ケイちゃんが何を言ってるかわからないわ。一度、死んでみる？」

　墨染はぷるぷると首を左右に振る。

「墨染の日頃のおっぱいは小さいけどな」

　と烏丸が揶揄《やゆ》し。

「小さいというか、ないというかぁ」

　と椥辻が畳《たた》みかけてきた。

「烏丸曹長《そうちょう》と椥辻士長が徹頭徹尾《てっとうてつび》酷《ひど》くて泣けてくる」

　恨《うら》めしそうな墨染の横で、向山が、わぁ！　と喚声《かんせい》を上げた。

「ここが今回の目的地なんですか。思ったより大きいですね」

「元々は区役所だったからな」

　と烏丸が応えると、向山は、ちらっと淀屋橋のほうに視線を走らせた。

「淀屋橋隊長のおっぱいくらいありそうですね」

　淀屋橋のこめかみに、ぴきり、と血管が浮《う》き出た。

　彼女は引き攣《つ》った笑《え》みを向山に向ける。

「嫌だわ、向山君たら、何を言っているのかしら。二、三度、死んでみる？」

　向山は広げた両の掌《てのひら》を眼前で振《ふ》りながら、首も左右に激しく振った。

「死ぬのは勘弁《かんべん》してください」

「じゃあ、股間《こかん》を思い切り蹴《け》り上げるくらいで許してあげようかしら」

「ひぃぃぃ」

　向山は股間を押さえて跳《と》び退《すさ》る。

「それも勘弁してくださいぃ！」

「玉が潰《つぶ》れたら、向山のすけべも収まるかもね」

と冷淡《れいたん》に言い放つと、太秦は元の区役所を見上げた。

「建物の外観にはとくに劣化《れっか》は見当たらないようね」

　その言葉に、墨染が、でも、と応えた。

「壁《かべ》に亀裂《きれつ》が走ってる。やはり重機を持ち込んで大がかりな修復をしないと要塞《ようさい》としては心許《こころもと》ない」

「重機を持ち込むのは至難の業《わざ》ね」

　淀屋橋がため息交じりで言う。

「重機が運べるくらい道路事情がよければ、ここまで車で来られるわよね」

「っていうか、それだったら戦車も入ってこられるしな」

「戦車が走れても、乗員が保《も》たないじゃないの、烏丸」

「そうなんだよな。だから、あたしらに戦車の二、三台も寄越《よこ》せっつ〜の。そうすりゃ、廃区の解放時期だって早まるだろうに」

「防衛省がうんと言わないわよ」

「嫌ですよねぇ、役人の縦割り意識ってぇ」

「わたしたちがそれを言っても仕方がない」

「おまえは達観しすぎだろ、墨染」

「長いものには巻かれろと言う」

「それでいいのかよ」

「わたしは将棋《しょうぎ》で言えば歩《ふ》。歩が自分で考えて進めば、局面全体に混乱をもたらす」

「それが達観しすぎだと」

「墨染さんの考え方って面白《おもしろ》いですね」

墨染が不思議そうな顔になった。

「え？　面白くはないと思う……けど」

「面白いという言い方は違うのかな。ええと、興味深い？」

「褒《ほ》められている？　ディスられている？」

「感心しています」

「春日こそ、面白い男」

「そうですか？」

「かなり面白い」

「春日が墨染一士に興味津々《きょうみしんしん》なのが悔《くや》しいですよう。わたしも面白がってほしいですよう。あぁ！　もしかして向山はロリコンなんですかぁ？」

（いやいや、朱鷺瑚さんのおっぱいに興味津々なんだから、ロリコンではないだろ）

と思う烏丸だが、そこをツッコむのは自重しておく。

「椥辻士長が酷すぎて死にそう」

烏丸に太秦、椥辻に墨染、そして向山が区役所の建物前で馬鹿《ばか》話をしていると、後続の大泊小隊が敷地《しきち》内に入ってきた。

それを認めた淀屋橋が、すぐに五人を整列させる。

「お疲《つか》れ様です、大泊少佐《しょうさ》！」

「はい、ご苦労さん」

今では元区役所の敷地は背が高くて頑丈《がんじょう》な防護壁《ぼうごへき》で囲われている。といっても、巨大《きょだい》な魔妖相手だと気休め程度でしかないが、CやD級の小型魔妖なら足止めくらいにはなる。ロボ娘《こ》が出入りできればいいから、出入り口はかなり狭小《きょうしょう》だった。

その狭《せま》い出入り口を潜《くぐ》って、ロボ娘が姿を現した。がしゃこん、がしゃこんと重そうな足音を立てて近づいてくる。

少し遅れて武庫川小隊が、最後に貴船小隊が姿を現し、一個中隊を構成する四個小隊が元区役所の駐車場《ちゆうしや》だったスペースに集合した。

改めて元の駐車場に全員を整列させると、大泊少佐は眠《ねむ》そうな顔で新たな命令を下す。

「あ～、まずは昼食ね。昼食と休憩《きゆうけい》は一二三〇《ひとふたさんまる》時までとするよ。その間、淀屋橋小隊には周辺の哨戒《しょうかい》に当たってもらう。昼食後に大泊小隊と貴船小隊で荷下ろしと搬入《はんにゆう》、及《およ》び建物の補修を開始する。ロボ娘が補修剤《ざい》とか鉄板を運んできたから、これまでより多少マシになるだろう。昼食休憩後、武庫川小隊は淀屋橋小隊と交代して哨戒に就《つ》くこと。淀屋橋小隊は食事の後、搬入された物資のチェックを。リストはあとで郡津ちゃんから受け取って。終わり次第《しだい》、宿泊《しゆくはく》の準備をすること。作業時間は一六三〇《ひとろくさんまる》時までとする。ここまでで何か質問は？」

とくに誰《だれ》からも手が挙がらなかったので、大泊は下達《かたつ》を続けた。

「淀屋橋小隊は備品チェックのときに雨水タンクも調べておいて。ロボ娘が簡易シャワーセットと水の浄化《じょうか》装置を運んできたから、タンクに水があればシャワーが使える」

並んでいる討魔兵のあいだから拍手《はくしゅ》と歓声《かんせい》が湧《わ》き起こった。討魔兵は、向山以外、全員が若い女性だ。宿泊を伴《ともな》う廃区への遠征《えんせい》でシャワーが使えるのは大歓迎《だいかんげい》である。

「了解《りょうかい》です」

敬礼を送る淀屋橋の顔にも喜色が溢《あふ》れていた。

「第一当直は大泊小隊一班が受け持つ。第二当直は貴船小隊が担当。交代は〇二〇〇《まるふたまるまる》時としておこう」

大泊小隊は十名で構成されているので、大泊は自隊を二つの班に分けていた。自分と藤阪は指揮所を離《はな》れるわけにいかないので、両班とも四人構成である。ロボ娘担当の三名の隊員も、哨戒任務ではロボ娘を「脱《ぬ》いで」、戦闘服で任務に当たることになる。

「こちらから伝えることは以上かな。あとは、夕食前にもう一度、ブリーフィングをするから、そのときに、だね。何かある、藤阪ちゃん？」

「いえ、とくには」

「印南ちゃん、まずは通信機器の設置を始めてよ。設置場所は一階のホールだね」

「印南、了解であります」

「貴船ちゃん、淀ちゃん、武庫ちゃんのところの通信担当も設置を手伝って」

「円町《えんまち》、了解です」

「椥辻、了解です」

「門真、了解です」

「郡津ちゃん、各員に昼食用のレーションを配給」

「郡津、了解しました」

「淀ちゃんのところは哨戒を始めて」

「淀屋橋、了解しました」

大泊に敬礼を送ると、淀屋橋は五人を引き連れ、建物の外に出ていった。

六人に向かって大泊が手を振った。

「じゃ、淀屋橋中尉《ちゅうい》、ご苦労だが頼《たの》んだよ！」

「淀屋橋小隊小隊長、淀屋橋朱鷺瑚、了解しました」

淀屋橋小隊が出口を潜って外に出ていくのを見届けると、残りの三個小隊は持ってきたレーションで簡単な昼食を済ませた。

「武庫ちゃん、淀屋橋小隊が戻《もど》ってきたら交代してもらうよ。準備をしておいて」

武庫川が大泊に向かって敬礼を送った。

「武庫川小隊小隊長、武庫川琴座《ライラ》、了解でぇす」

「じゃ、藤阪ちゃん、貴船ちゃん、こちらは運んできた物資を建物内に運び入れようか」

「藤阪、了解しました」

「貴船小隊小隊長、貴船繭実《まゆみ》、了解です」

「まず貴船ちゃんとこで建物の内部を確認《かくにん》してきて」

「了解です」

「その間を利用して、うちはロボ娘の荷物を下ろす。郡津ちゃん、やって」

「了解しました」

貴船小隊の五人が建物の中に入っていき。

その場に残った大泊小隊は、ロボ娘が下ろした荷箱に取りついて、用途《ようと》毎《ごと》に並べ替《か》えるのだった。

8

区役所の建物は何回かに亘《わた》る補強が済んでいて、武器や食料の備蓄《びちく》もされており、いざというときは立て籠《こ》もれる、いわばベースキャンプでもあった。

その区役所に異常がないか、備蓄品は無事かどうか。

魔妖が武器や食料を盗《ぬす》んでいくことはないだろうが、人が運び込んだ物を壊《こわ》そうとする可能性はある。魔妖がそんな思考をするとは思えなかったが、可能性がゼロではない以上、点検は欠かせないのだ。

防護壁、そして建物自体にも損壊《そんかい》がないかどうか、調べる必要がある。

それらを定期的に確認しておくのは、討魔兵団にとって重要な作業だが、今回はそれに加え、運んできた装備品や食料を搬入する必要もあった。

区役所をもっと強化できたら、有人の駐屯地《ちゅうとんち》に格上げしたいというのが上層部の意向のようだが、さすがにそれは実現できていない。この辺りは周縁部《しゅうえんぶ》に比較《ひかく》すると魔素濃度《のうど》が高く、魔素嵐《まそあらし》の発生頻度《ひんど》も高い。そのせいで強力な魔妖が出現することが多いため、討魔兵を常駐《じょうちゅう》させるのは無理というのが上層部の判断だ。

けれど今回は少しばかり事情が違《ちが》う。特戦中隊には向山春日がいるからだ。

向山と、彼を擁《よう》する淀屋橋小隊がいれば、数日間の滞在《たいざい》は可能なのではないか。そして滞在しているあいだに、周辺の探査と元区役所のさらなる要塞化を図《はか》る。

それが今回の作戦目標だった。

もう一つ、改めて向山の実戦能力を確認するという裏の目標も上層部にはあったのだが、それは表立って言っていない。二乃瀬大佐《たいさ》の意図を知っているのは特戦中隊を率いている大泊少佐だけである。

だから彼女としては、そこそこのレベルの魔妖と遭遇《そうぐう》し、淀屋橋小隊が魔妖と戦う局面を作り出す必要があったのだが、先ほど、早速《さっそく》、武庫川小隊と淀屋橋小隊が魔妖群と遭遇してこれを蹴散《けち》らしたから、まずは順調な滑《すべ》り出しと言えた。

ロボ娘《こ》の荷下ろしと部下による荷箱の整理を見ながら、大泊少佐は二乃瀬大佐の指示について考えを巡《めぐ》らせていた。

(特A四《よん》にA一《ひと》は、行きがけの駄賃《だちん》にしては厳しい相手だったけど、それでも魔妖を一蹴《いっしゅう》したというのは頼もしい。前回の圧勝劇、まぐれではなかったわけだ。もう間違《まちが》いない。向山は淀屋橋小隊と組めば、いつでも、どんな魔妖が相手でも、魔技補助《アシスト》を百パーセント発揮できる)

そう確信した大泊は、中隊の安全を図るためと自分の目で向山と淀屋橋小隊の戦いぶりを確認するために、淀屋橋小隊を先頭に押し立てて前進してきたのだが、案に相違《そうい》して、あのあとは一度も魔妖に遭遇しなかった。

先頭を進んでいた淀屋橋小隊から「区役所到着《とうちゃく》。異常なし」の報告を受けたとき、大泊は当てが外れたという顔で首を捻《ひね》ったものだ。もっとも、おかげで兵員には一人も損害が出ず、物資もすべて無事に運び入れることができたのだから、贅沢《ぜいたく》は言えない。

「けど、あれだね、藤阪ちゃん、一回の接敵だけでここまで来られるなんて、珍《めずら》しいこともあったもんだね」

大泊の傍《かたわ》らに立つ藤阪が、そうですね、と頷《うなず》いた。

大泊小隊の小隊長と副長という二人は、特戦中隊の中隊長と副官でもある。全体に目配りしなくてはならないから、小隊の作業は郡津少尉《しょうい》に任せていた。

「珍しいといえば、目白通りの手前で特A四《よん》とA一《ひと》という強力なヤツに出会《でくわ》したのも珍しいのですが」

「まぁ、最近は強力なのが周縁部にも出ているからね。ここら辺でSに出会してもおかしくないのかもしれないよ？」

「あまり楽しい想定ではありませんね」

「指揮官としては、楽しい想定ばかりしているわけにもいかないからねぇ」

と少し戯《おど》けてみる大泊だが、藤阪の言うとおりだ。

元の練馬区役所でS級魔妖に襲《おそ》われる可能性を考えるのは、楽しいどころか、頭が痛くなりそうだった。

（いや、でも、こっちには向山春日がいる。たとえS級が相手であっても、なんとかなる

だろう。と思うことにしよう）
大泊は小さな欠伸《あくび》をしながら、眼前に聳《そび》える元区役所の建物を見上げた。
（もう眠いし。早く作業を終えて、どこかで横になりたい）

9

建物を出た淀屋橋小隊は、まず目白通りを歩き、千川《せんかわ》通りとの交差点まで進んでみる。

目白通りは、その先で西武池袋《せいぶいけぶくろ》線の高架《こうか》を潜っていたのだが、次元振動《しんどう》によって高架が崩落《ほうらく》して完全に道路を塞《ふさ》いだままになっている。先へ進むには大きく迂回《うかい》しないとならないので、淀屋橋たちはそこで引き返すことにした。

「カガちゃん、どう？」

「今のところ魔妖の反応も高濃度《こうのうど》魔素《まそ》隗《かい》の発生もありませんねぇ」

椥辻がそう応《こた》えると、烏丸が気のない様子で言った。

「廃区の奥まで来てこんなふうに平穏《へいおん》無事とか、珍しいを通り越《こ》して、な～んか不気味なんだよなぁ」

「変なフラグを立てるようなこと言わないでくださいよう。立てるのは、春日との美味《おい》し

い イベントのフラグだけでいいんですよう」

「そんなフラグは立てねえよ」

「むしろ立てるのは春日のお○んち△だけでいいのかなぁ」

「この腐《くさ》れ外道《げどう》が！」

「え？　僕がどうかしましたか？」

「どうもしねえよ。おまえはおとなしく歩いてろ」

「名前が呼ばれたから訊《き》いただけなのに、酷《ひど》いなぁ」

「おまえがいると、それだけで椥辻の腐乱《ふらん》度が進んでいく」

「それ、僕のせいじゃありませんよね？」

「だいたいは椥辻自身のせいだが、おまえも責任を感じろ」

「そんな無茶な」

「たしかに向山春日がいると、椥辻士長の腐り具合は止《と》まるところを知らない」

「向山がおっぱいおっぱい言うから、なんだか朱鷺瑚さんも不機嫌《ふきげん》だし」

「うぅ。ごめんなさい」

謝る向山に向かって、太秦が険しい視線を向けた。

「朱鷺瑚さんのおっぱいを話題にしたりガン見したり触《さわ》ったりしていいのは、わたしたちだけなの。いい？　わかった？」

「僕も仲間に入れてほしいですよう」

　その言葉に、烏丸はツッコまないではいられない。

「栁辻か、おまえは！」

「あら嫌《いや》だ、ザミちゃんたら、何を言っているのかしら。いっぺん死んでみる？」

「どうせ死ぬなら、朱鷺瑚さんの胸の谷間に顔を挟《はさ》まれて窒息死《ちっそくし》したいですよねぇ」

「おまえは黙《だま》れと、栁辻」

　そこが廃区の奥だということを忘れそうなほど、淀屋橋小隊の六人は平常運転だったが、もしかすると特A魔妖三体を簡単に屠《ほふ》ったせいで調子に乗っているのかもしれなかった。

　みな無駄《むだ》話をしながら歩いている。淀屋橋ですら、いつもより浮《う》かれているようだ。

（困った人たち。少し注意を喚起《かんき》しなくては）

　比較的《ひかくてき》冷静な墨染が淀屋橋に向かって言った。

「朱鷺瑚さん、真面目《まじめ》にやらないと大泊少佐《しょうさ》に怒《おこ》られる」

「あ、そう、そうね」

「衆人監視《しゅうじんかんし》の下《もと》で全裸《ぜんら》罰走《ばっそう》は勘弁《かんべん》してもらいたい」

「そうだな。大泊少佐のご機嫌《きげん》を損《そこ》ねるわけにはいかないよな」

「あぁでもぉ、朱鷺瑚さんが全裸で走ったら、それはもう大きく揺《ゆ》れ弾《はず》むんでしょうねぇ。近くで見てみたい気はしますよう」

「そんなハメになったら、走る前にカガちゃんの目玉を刳《く》り貫《ぬ》いておいてあげるから心配しないで？」

「ひぃぃぃ」

微笑《ほほえ》んだまま睨《にら》みつけてくる淀屋橋に、栩辻が震《ふる》え上がった。

「衆人環視の中で揺れ動くのは向山君の○ちん△んだけでいいのではないかしら？」

「露骨《ろこつ》だな、朱鷺瑚さん！」

と烏丸がツッコむと。

「僕は嫌ですよ！　衆人環視の中で裸《はだか》になってぶらぶらさせながら走るなんて！」

「第二師団は九割方女性だから、みんな大喜びよね」

と太秦が言うと、栩辻が嬉《うれ》しそうな声音《こわね》で続いた。

「それもいいかもですねぇ。むしろ、それしかない気がしてきましたよう。それだったら、わたし、全裸罰走も厭《いと》わない覚悟《かくご》完了《かんりょう》！」

「だから。朱鷺瑚さんが栩辻の腐れ度合いを加速させてどうすんの！」

「あ、ごめんなさい、つい。許して、セッちゃん」

淀屋橋が烏丸に向かって小さく頭を下げた。

「い、いや、わかってもらえればいいんだけど」

「なに、烏丸、あんた照れてるの？」

「違《ちげ》～よ。いきなり謝られたんで戸惑《とまど》っただけだよ」

「さて、そろそろベースまで戻《もど》りましょうか？　お腹《なか》も空いてきたし」

「あ、そうね。早く戻って昼食にありつきたいわよね」

「っても、しょせんレーションだろ」

と烏丸が言うと、墨染が、あぁ、と嘆息《たんそく》した。

「池袋で食べた美味しいご飯が懐《なつ》かしい」

「はいはい、また休暇《きゅうか》をもらったら、美味しいご飯を食べに行きましょうね」

「もらえるといいけどな」

「もらえるといいわね」

「もらえると信じたいですよう」

「きっとなんとかなる」

「ええ、なんとかなりますとも。だから頑張《がんば》りましょう」

「向山、お前、前向きだな」

「はい。自分が何かの、あるいは誰《だれ》かの役に立っているのだと思うと、少しテンションが上がります」

「変な奴《やつ》だな」

相変わらず無駄話をしながら、淀屋橋小隊は目白通りを元の区役所に向かって引き返していった。

10

その日の午後は、運んできた物資や食料の搬入《はんにゅう》と整理に加え、備蓄《びちく》品の確認《かくにん》作業に費《つい》やされ、それが一通り片付くと夕食になった。

哨戒《しょうかい》に立った貴船小隊を除く三個小隊がロビーに集まり、折《お》り畳《たた》み椅子《いす》を並べて夕食を食べ始める。持ち込んだ簡易コンロで煮炊《にた》きをしたので、缶詰《かんづめ》よりはだいぶマシな食事ではあった。

「っていってもレトルトカレーに漬《つ》け物だけどな」

と烏丸がぼやくと、淀屋橋が宥《なだ》めにかかった。

「まぁまぁ、セッちゃん、カロリーマイトやソイジョインよりはマシでしょう?」

「あれと比べれば、たいていの食事はマシだけどさ」

「そうそう、温かいご飯を食べられるだけマシ」

「心が広いな、墨染は」

「胸は低いけどね」

「太秦曹長《そうちょう》が酷くて泣ける」

などと、淀屋橋小隊の面々がいつも通りの馬鹿《ばか》話をしていると、紙皿を手にした武庫川中尉《ちゅうい》がやってきた。

「トキーコ、一緒《いっしょ》に食べましょう」

「ええ、いいわよ」

折り畳み椅子に腰《こし》掛《か》け、並んで食事をする淀屋橋と武庫川を見た烏丸が、小さなため息を吐《つ》く。

「巨乳《きよにゆう》ツートップが並ぶと絵になるなぁ」

「二人とも背が高いし、スタイルいいしね」

そう言って太秦が頷《うなず》いた。

「戦闘《せんとう》服、体のラインが思いっきり出るから、尚更《なおさら》だよな」

太秦が、ちらっと烏丸と墨染に視線を向ける。

「そうね。まったく以《もっ》て、そのとおりね」

「てめえ、何が言いたい⁉」

「べつに言いたいことはないけど、この戦闘服は体のラインが思いきり出るというあなたの意見には賛同するわね」

「それって遠回しに、あたしゃ墨染のラインが平坦《へいたん》だって言ってるだろ！」

「べつに遠回しに言ってるつもりはないけど。割と近回りだけど？」

「この野郎《やろう》！　おい墨染、この失敬な女になんか言ってやれ！」

「事実は事実として受け容《い》れるしかない」

「だから。おまえは素直《すなお》に受け容れすぎだろ。もっと抗《あらが》えよ」

「え？　抗ったからといって、わたしゃ烏丸曹長の胸が膨《ふく》らむわけではない」

「はぁ。もう。こいつは」

少し離《はな》れた場所に座っていた向山が口を挟んできた。

「墨染さん、希望を捨てちゃダメですよ」

「そしておまえは、しれっと女子トークに入ってくるなと」

「ほら、適度な刺激《しげき》を与《あた》えると発達するというじゃないですか。なんだったら、僕が適度な刺激を与えるお手伝いをしてもいいんですよ？」

「しれっと胸を揉《も》みに来たぞ、こいつ！」

「朱鷺瑚さんや武庫川中尉ならともかく、わたしのおっぱいを揉んでも、たぶん楽しくはないと思う」

「そんなことありませんよ。僕、今日、墨染さんの胸を間違《まちが》えて触っちゃいましたけど、楽しかったですから」

「そ、そう、なの」

珍《めずら》しく墨染の顔が赤く染まっている。

「そうですとも。大きくても小さくても、そこにおっぱいがあれば、男子たるもの、楽しいものなんです」

「なに力説してんだ、こいつは！」

「っていうか。あくまで間違いと言い張るのね」

烏丸と太秦がツッコむと。

「ダメですよう、春日」

「お？　珍しく栁辻が向山を窘《たしな》めに出た？」

「おっぱいが楽しいのは男子だけじゃないですよう。女子だって、素敵なおっぱいを見たり揉んだり舐《な》めたり吸ったりするのは楽しいんですよう」

「窘めるどころか！　先頭を切って暴走するバカだった！」

「どうしてですかぁ。朱鷺瑚さんのおっぱいを揉んだり叩《たた》いたり突《つ》っついたりしゃぶったりしたら、楽しいと思いません～？」

「い、いや、それは思わなくもないけど」

「でしょう～？　武庫川中尉のでもいいんですけどね～。あの見事なおっぱい、揉み拉《しだ》いてみたいですよね～」

「どこのオヤジだ、おまえは」

「まぁ、カガちゃんたら、楽しそうな話をしているわね？」

いつの間に近寄ってきたのか、栂辻の背後から淀屋橋が彼女の両肩《りょうかた》に両手を置いたがし。

栂辻の肩を摑《つか》んで、淀屋橋がにっこりと笑う。

「わたしにも聞かせて？」

「痛い痛い痛い！　朱鷺瑚さん、痛いですよう。肩の骨が砕《くだ》けますよう」

栂辻が本気で顔を歪《ゆが》めて泣き叫《さけ》んでいる。恐《おそ》るべき淀屋橋の握力《あくりょく》だった。

「カーガには教育的指導が必要のようですネェ」

栂辻の前に立った武庫川が、彼女を冷ややかな目で見下ろしている。

「トキーコ、肩を砕いたら、次はカーガのおっぱいを砕くのはどうですかァ?」

烏丸は囁《ささや》くような声でツッコんだ。

「いや、おっぱいは砕けませんけどね」

「ごめんなさぁぁぁもうしませぇぇぇ」

上体を揺すって逃《のが》れようとした枡辻だが、肩にきつく食い込んだ淀屋橋の両手が外れることはなかった。

「いい、カガちゃん? そういうことは、たとえ思っても口に出してはダメなのよ?」

「わわわ、わかりましたぁ」

「頭の中で妄想《もうそう》するだけなら許してあげるから」

「妄想なら許しちゃうんだ? 度量が大きいな、朱鷺瑚さん」

「おっぱいも大きいけどね。むしろおっぱいが大きいからかしらね」

「太秦曹長。度量とおっぱいをリンクされると、わたしや烏丸曹長が度量の狭《せま》い女になるから、そういうことを言うのは止《や》めてほしい」

「そしておまえは自分のことを弁《わきま》えすぎだ、枡辻。っていうか、あたしを仲間に引き入れるのは止めろや」

「ごめんなさいぃ、もうしません許してぇぇ」

栁辻がマジ泣きを始めたところで、ようやく淀屋橋は彼女を解放してやった。

「あ〜痛かったぁ。朱鷺瑚さんの握力って、林檎《りんご》を握《にぎ》り潰《つぶ》してジュースにできるレベルですよう」

「いたらしいな。昔、そんなプロレスラーが」

「それと向山君」

「あ、はい、なんでしょう、淀屋橋さん？」

「こういう話が始まるときは、たいていあなたが元凶《げんきょう》の気がするのですけど？」

「い、いや、そんなことは」

向山は、だらだらと冷《ひ》や汗《あせ》を流しながら言った。

「淀屋橋さんの気のせいですよ」

笑《え》みを消した淀屋橋が、じろりと向山を睨《ね》めつけた。元々が端整《たんせい》な顔立ちだけに、そうやって睨《にら》まれると、ハンパない迫力《はくりょく》だった。

「女子トークに混ざるくらいは許しますけど、調子に乗ってカガちゃんを煽《あお》ったり焚《た》きつけたりするような言動をしたら、あなたの黄金の玉を握り潰しますけど？」

先ほど栁辻の肩を摑んで放さなかった朱鷺瑚の握力を思えば、彼の玉は、間違いなく、確実に、簡単に、あっさりと、握り潰されるだろう。

震《ふる》え上がった向山は、椅子から跳《と》び上がり、股間《こかん》を押さえて低頭した。

「それは勘弁《かんべん》してくださいぃぃ」

「これからは言動に注意してね？」

そこでようやく朱鷺瑚はいつもの笑みを顔に浮《う》かべた。

こくこくこく。

またもや向山は、壊《こわ》れた首振《ふ》り人形のように首を縦に振るのだった。

淀屋橋と武庫川が座っていた椅子に戻《もど》っていくと、椥辻は肩を摩《さす》りながら力なく椅子に腰《こし》を落とした。

「朱鷺瑚さんに本気で怒《おこ》られましたよう」

「椥辻の場合、自業自得だろ」

「淀屋橋さん、恐《こわ》いですねぇ。僕、漏《も》らしそうになりました」

向山がそう言うと、烏丸が嫌《いや》そうに顔を歪めた。

「汚《きた》ねえな」

「いや、でも、朱鷺瑚さんが本気で怒ると本気で恐いから。向山も気をつけたほうがいいわね」

「ひぃぃぃ〜〜」

と太秦が向山に注意すると、墨染も頷いてみせた。

「滅多《めった》に怒らない分、たまに怒ると本当に恐い」

「でも、朱鷺瑚さんが怒るときって、こっちのことを真剣《しんけん》に考えてくれてるときだから、なんも言えねえんだよな」

「そうね。わたしも一度だけ、朱鷺瑚さんにぶん殴《なぐ》られたことがあるけど」

太秦がそう言うと、向山が目を見開いた。

「殴られたんですかっ⁉」

「女子の顔をよくもそこまで殴るわねっていうくらい、こっぴどく殴られたわよ。でも、あれはわたしが命令を聞かないで無茶して、小隊を危険な目に遭《あ》わせたから」

「あぁ、あのときな。でも、あれは小隊を危険な目に遭わせたから怒ったっていうより、おまえが自分の命を軽んじるような真似《まね》をしたから怒ったんじゃないの？　あたしはそう思うけど」

「烏丸曹長の言うとおり。朱鷺瑚さんは誰《だれ》よりもわたしたちのことを考えてくれている。だからわたしたちが軽はずみなことをしたりすると怒る」

「そうなんですよう。わたしも締《し》め切り間際《まぎわ》に二徹《にてつ》してへろへろになってたとき、『一度寝《ね》なさい、寝ないなら無理やり寝かしつけますけど』って言われてお腹《なか》を殴られ悶絶《もんぜつ》したことがあったんですよう」

「それは完全に自業自得な気がするけどな」

「そのまま四、五時間、寝てたんですけどぉ、その間、朱鷺瑚さんは、消しゴムかけたりベタ塗《ぬ》ったりしててくれたんですよう。起きてそれを知ったとき、わたしは思ったんですよう。ああ、この人に従《つ》いていこうって。この人のために死ぬ気で働こうって。この人の奴隷《どれい》になってもいいって。むしろ性奴隷になりたいってぇ」

「行き着くのは、結局そこかよ！」

向山が感心の顔で呟《つぶや》くように言った。

「凄《すご》い人ですねぇ、淀屋橋さん」

「まぁ、大した人だよ。でも、面と向かってそういうこと言うなよ？　朱鷺瑚さん、そういうの、あんまり好きじゃないみたいだし」

向山は、わかりました、と頷《うなず》いた。

「でも、僕、ますますこの小隊に配属されてよかったと思いました。というか、皆《みな》さんに助けられてよかったと」

「そうだな。感謝しろよ、お前」

「感謝の言葉より感謝のお金をください」

「即物的《そくぶつ》ね、墨染は」

「感謝の言葉より態度で表してくださいよう」

「具体的には？」

椥辻が思いきり可愛《かわい》らしく微笑《ほほえ》んだ。

「脱《ぬ》いで？　そして筋肉に触《さわ》らせて？」

「こいつが心の底から気持ちわるいんだけどっ！」

「心の底まで腐《くさ》っている椥辻士長に今さら何を言っても手遅《ておく》れ」

「烏丸曹長《そうちょう》と墨染一士が酷《ひど》いですよう」

「あはははっ」

「向山に笑われましたよう」

相も変わらぬいつもの淀屋橋小隊だった。

馬鹿《ばか》話をしながらの夕食が終わり、食事の片付けが始まって。

シャワーが使えるほどの水が溜《た》まっていなかったため、せっかく組み立てた簡易シャワーも無駄《むだ》になったが、皆はそこにお湯を入れたバケツを持ち込み、戦闘《せんとう》服を脱《ぬ》いで濡らしたタオルで体を拭《ふ》いた。

その間、向山春日が厳重な監視《かんし》下に置かれたのは言うまでもなかった。

11

夜が更《ふ》けても、元の区役所一帯は平穏《へいおん》のままだった。

大泊小隊の第一班が郡津少尉《しょうい》の指揮下で第一当直の任に就《つ》き、その他の隊は思い思いに寛《くつろ》いでいた。

とはいえ、壊れかけた鉄筋コンクリートの建物の中だから——おまけに、まだそこかしこに机や椅子《いす》、書類棚《だな》やコピー機など、市役所の備品が散乱したままだ——寛ぐといっても限界がある。何より、ここは廃区の奥。最大汚染《おせん》地域からもそう遠くはない。いつ魔妖が出現してもおかしくはない。

ないのだが。

「なんの異常もなしか。今日はこのまま終わりそうだな」

小隊毎《ごと》に宛《あて》がわれた部屋で、烏丸が誰に言うともなく声を上げた。その言葉に淀屋橋が反応する。

「これだけ何もないと逆に不安になってくるわね。嵐《あらし》の前の静けさ、みたいな?」

太秦が嫌そうな顔になる。

「朱鷺瑚さん、恐いフラグを立てるようなこと言わないで」

「シャワー、使いたかったですよねぇ」

「ここのところ好天続きだったもの、雨水槽《そう》に溜まった水があれしかないんじゃ、仕方がないわよね？」

「ま、おかげで椥辻が暴走して、大泊少佐《しょうさ》からキツいペナルティを喰《く》らう心配はなくなったからいいけどな」

「そんなことしませんよう。わたし、そこまで考え無しじゃないですよう」

「本当かぁ？」

「全裸《ぜんら》でスクワットとか嫌ですよう……あれ？　うちの小隊が罰《ばつ》を喰らうことになったら、春日も一緒《いっしょ》に、なんですかねぇ？」

「……あ」

「だったら喰らってもいいかもしれないですねぇ」

何を想像したのか、椥辻はぐふぐふと笑った。

「男子が全裸スクワットすると、ぶらぶらしちゃって大変そうですよねぇ」

「それのどこが考え無しじゃないと言うのかと」

「嫌だなぁ。考えたからこその着眼じゃないですかぁ」

「ダメだ、こいつ」

烏丸はうんざりだというように首を振ってから淀屋橋に顔を向けた。

「朱鷺瑚さん、注意してないと、こいつ、本当にバカやるよ？」

「カガちゃん、さっきわたしが言ったこと忘れたの？　忘れたなら思い出させてあげますけど？　首をねじ切ったら思い出すかしら？」

がくがくぶるぶると震えながら、椥辻は全力で首を横に振った。

「首をねじ切られたら、思い出すべきこともすべて思い出せなくなりますよう」

「二度と起き上がれないように、念入りにねじ切ってね」

「太秦曹長が酷いですよう」

「ねじ切ったあと頭蓋骨《ずがいこつ》を開け、塩と聖水で念入りに浄化《じょうか》すべき。二度と腐脳が復活しないように」

「墨染一士が酷すぎますよう」

椥辻が泣き出した。

「ほら、カガちゃん、あんまり大きな声を出さないの。他《ほか》の隊はもう寝ているかもしれないでしょ」

「うぅぅ、わかりましたよう。声を押し殺して泣きますよう」

「あたしらもそろそろ寝る？　朱鷺瑚さん」

「そうね。そうしましょうか。明日も早いしね」

「誰が小隊当直を？」

と太秦が訊《き》くと、淀屋橋が自分を指さした。

「最初はわたしが起きてます」

「じゃあ、次はあたしがやるよ」

「お願いね、セッちゃん。中隊当直と同じで、〇二〇〇《まるふたまるまる》時に交代でいいかしら？」

「了解《りょうかい》」

小隊が何個か集まって中隊として作戦行動に当たる場合、中隊当直とは別に、小隊毎に誰か一人は起きていることになっている。もしも万一、何か異変が起きたとき、中隊当直からの指令を各小隊ですぐに受けられるように、という理由からだった。

ロボ娘《こ》が運んできた寝袋《ねぶくろ》は、すでに各隊に配給されていた。烏丸、太秦、椥辻、墨染、向山の五人は、もそもそと寝袋に体を入れた。

「なんか林間学校に来たみたいでドキドキしますね」

「なんで向山が林間学校なんか知ってるんだよ。っていうか、もっと離《はな》れろよ」

「入院していたとき、沢良宜中佐《ちゅうさ》に借りたＤＶＤに、学園ラブコメもののアニメがあったものでも」

「あ〜、そんなこと言ってたな。っていうか、あの中佐、どうしてそんなアニメを持ってるかのな」

「持ってるのも謎《なぞ》だけど、向山に貸すのも謎よね」

と太秦が言い。

「布教のつもりじゃないんですかぁ」

と椥辻が応《こた》え。

「あの中佐がか？　嫌な布教だなぁ」

烏丸が眉《まゆ》を顰《ひそ》めた。

「予定では、あと三日、ここに滞在《たいざい》するわけだけど、このまま何もなく終わってくればいいわね」

寝袋に潜《もぐ》り込んだ淀屋橋が呟くようにそう言った。烏丸や太秦、椥辻に墨染はその言葉に大きく頷いたが、向山だけは頷けなかった。

（何かが起きる気がする。しかもそれは、僕たちにとってよくない何かだ）

何が起きるのかはわからない。ただ、起きることは間違《まちが》いない。

向山はそんな気がしていた。

（根拠《こんきょ》も何もないから言えないけど。言っても信じてもらえないだろうけど。逃《に》げるわけにはいかないから、何が起きようと全力で対処し、何が来ようと全力で討《う》ち払《はら》うしかないんだよね）

漠然《ばくぜん》とした不安と、同時に、きっとなんとかなるという根拠のない楽観を抱《かか》えたまま、向山は浅い眠《ねむ》りに落ちていった。

第4章 転がり来る危機

1

その夜は何事もなく過ぎた。

翌日、簡単な朝食を摂《と》り終えると、貴船《きぶね》、淀屋橋《よどやばし》、武庫川《むこがわ》の各小隊が交代で周辺の哨戒《しょうかい》に出て、大泊《おおどまり》小隊と居残りの二個小隊は建物の修繕《しゅうぜん》や改修などに努めることとなった。

今回は三人のロボ娘《こ》が補強材などを運んできたおかげで、ガタが来ていた箇所《かしょ》の補強も進んだし、レトルト食品やレーションも大量に運んでこられたので、数個小隊が一週間くらいなら食いつなげるだけの備蓄《びちく》もできた。もっとも、その間、強力な魔妖《まよう》群に襲《おそ》われなければ、という条件がつくのだが。

その他、発電機や重油、照明、簡易シャワーに簡易テント（寒い時期に備えて）なども運び込めたから、以前より快適に過ごせるようになった。とはいえ、こんなところに長居はしたくないというのが討魔士《とうまし》たちの本音だろう。

日が暮れかかり、二日目の作業は終了《しゅうりょう》となった。

発電機を持ち込んだとはいえ、全館規模で照明を点《つ》けると、あっという間に燃料を消費し尽《つ》くしてしまう。発電機と照明は、あくまで非常用だ。日が暮れれば作業を終了せざるを得なかった。

交代で哨戒に出た各小隊は、その都度、何事もなく帰還《きかん》した。魔素嵐《まそあらし》どころか、高濃度《こうのうど》魔素隗《まそかい》の発生もなかった。

駐屯地《ちゅうとんち》との定時連絡《れんらく》によると、駐屯地より東方、池袋《いけぶくろ》寄りで発生した魔妖と第二師団の二個小隊が戦ったそうだが、魔妖はCやDだったので、難なく撃滅《げきめつ》したという。第一師団や第三師団も廃区外縁部《はいくがいえんぶ》で魔妖と接触《せっしょく》、戦闘《せんとう》したようだが、そちらも人的被害《ひがい》を出すことなく撃滅できたらしい。

「今日の廃区は凪《な》いだ海みたいですね」

藤阪中尉《ふじさかちゅうい》がそう言うと、大泊少佐《しょうさ》は皮肉そうな笑《え》みを浮《う》かべて応えた。

「嵐の前の静けさじゃないといいんだけどね」

作業を終えた特戦中隊は、揃《そろ》って夕食を摂った。今回は持ってきた野菜やソーセージ、ベーコンなどを煮込《にこ》んだ具材豊かなスープが出たので、烏丸《からすま》も文句を言わなかった。

夕食が終わると、休憩《きゅうけい》時間——自由時間となった。

見張りに立った大泊小隊第二班——鳴滝曹長《なるたきそうちょう》が班長を務めている——と大泊少佐、藤阪中尉以外は、思い思いの場所に陣取《じんど》って寛《くつろ》いでいた。

大泊と藤阪は一階のロビーに設《しつら》えた作戦指揮所に詰《つ》めている。

指揮所には大型の通信機器や探査装置、長机に折《お》り畳《たた》みパイプ椅子《いす》、ノートパソコン、モニター、小さめのホワイトボードなどが設置され、床《ゆか》の上を蛇《へび》の群れのようにコード類の束がのたうっている。中隊指揮官である大泊はここに常駐《じょうちゅう》しなくてはならない。彼女は指揮所の床に置いた寝袋にくるまって寝たり、椅子に座ったまま寝たり、たまに立ったまま寝るという離れ業《わざ》を見せたりしていた。今も彼女は戦闘服のまま、机に置いた枕《まくら》に頭を乗せて居眠《いねむ》りをしているところだった。

指揮所で起きているのは、副官の藤阪中尉と通信担当の印南《いなみ》士長の二人だけだ。藤阪は魔力源探査装置に繋《つな》いだモニターに見入っているが、一方の印南は、とくにすることもなく手持ちぶさたの様子だった。

モニターから目を離すと、藤阪は両手を上げ、ふぅ、と伸《の》びをした。

「悪いな、印南士長、コーヒーをもらえるか？」

「了解《りょうかい》です」

席を離れた印南がコーヒーメーカーからコーヒーをカップに注いで戻《もど》ってきた。

「ありがとう」

プラスチック製のコーヒーカップを受け取った藤阪は、腕時計《うでどけい》に目を落とす。針は午前一時五十分を指していた。

「やれやれ、もうじき当直交代の時刻だな」

「次は武庫川隊でしたね。呼んでおきます？」

「いや、いいだろう。二、三分の遅刻《ちこく》なら大目に見るし、十分以上の遅刻なら少佐がどやしつけるだろうし」

「どやしつけるっていうか、脱《ぬ》がしつけるっていうか」

「ははは。武庫川中尉がいるから全裸《ぜんら》罰走《ばっそう》は楽しめそうだな」

「でも、ここじゃ走るとこなんかないですよ」

「じゃあ、全裸スクワットだ」

「いいっすね。武庫川中尉なら、そちらのほうが楽しめそうですね」

　藤阪は笑いながらコーヒーを飲んだ。

「ふぅ。少し目が覚めてきたかな。もっともコーヒーのカフェインが効くにはある程度の時間がかかるらしいから、飲んですぐ眠気が覚めるなんてのは気のせいらしいけど」

「しっかし、なんもなくてよかったですね」

　と印南が真面目《まじめ》な顔で言うと、藤阪も笑みを消して頷《うなず》いた。

「そうだな。ここに来る前は、やたらと魔妖の動きが活発化していたから心配していたが、来てみたら案に相違《そうい》して平穏《へいおん》だな。まぁ、平穏であることに文句を言う筋合いはないが、なんだか拍子抜《ひょうしぬ》けではあるな」

「そうっすね」

「よし、屋上にいる四人を呼び戻してくれ」

「了解です」

多機能型《マルチ》ヘッドセット《ネコミミ》のマイクに向かって呼びかける印南を横目に、藤阪はもう一度、モニターに目を向けた。

と、そのとき。

モニターの一角に雲のような白い塊《かたまり》が映し出され、その中に赤い点が明滅《めいめつ》し始めた。

「大泊少佐！」

藤阪の鬼気迫《ききせま》る呼びかけに、大泊が跳《は》ね起きた。ふだんなら声をかける程度では起きてこない大泊だが、さすがに廃区の中で寝ているという自覚はあったらしい。藤阪は、そのことに安堵《あんど》する。

「ど……どうした、藤阪ちゃん⁉」

「魔素嵐が発生したようです！　魔妖反応もあります！」

大泊が舌打ちしながら席を立ち、藤阪のところまで足早に歩み寄ってきた。

彼女はモニターを覗《のぞ》き込み、もう一度、舌打ちした。

「お客さんが来やがったか」

それから大泊は印南に向かって冷静な声で言った。

「総員戦闘用意」

「了解」

印南が手近の機械にある緊急《きんきゅう》呼び出し用のボタンを押すと、直後に、あちこちに置かれたスピーカーからサイレンが鳴り始めた。

「緊急事態発生！　緊急事態発生！　特戦中隊員はただちに戦闘準備をして作戦指揮所へ集合せよ！　繰《く》り返す！　緊急事態発生！　中隊員は戦闘準備を調《ととの》え、急ぎ指揮所へ集合せよ！」

藤阪は自分の多機能型《マルチ》ヘッドセット《ネコミミ》のマイクに向かってがなった。

「屋上の鳴滝、聞こえるか!?」

「鳴滝、聞こえています。非常放送も聞きました。どうぞ」

「魔素嵐が発生した。魔妖もいる。そこから何か見えるか？　どうぞ」

バイザーの暗視モードで辺りを見渡《みわた》した鳴滝だが、少なくともそこからはなんの異変も感じ取れなかった。

「ここからは何も見えません。どうぞ」

「見張りを続けろ。何か異変があればすぐに知らせるんだ。以上だ」

「鳴滝、了解。見張りを続けます。異変があったら、すぐに知らせます。以上です」

通信を切った藤阪が大泊を見やったそのとき、午前二時から当直任務に就《つ》くことになっていた武庫川小隊の五人がロビーに飛び込んできた。

武庫川小隊が階下に下りようとしたときに緊急放送があったため、そのまま駆《か》け下りてきて、こうして一番乗りとなった。現状を武庫川に説明する藤阪に代わって印南がモニターの前に陣取り、魔素嵐と魔妖の監視《かんし》を続ける。

旧区役所の周囲にはかなり遠方にまで魔力源探査装置《モニタリングポスト》が設置してあるから、モニターに映し出された情報が間違《まちが》いだという可能性は極《きわ》めて低い。魔素嵐はゆっくり南下を始めており、その中には、はっきりと点灯している赤い点が六つ、点滅《てんめつ》している赤い点が三つ、いや、四つ、確認《かくにん》できた。

「魔素嵐に魔妖ですカ。パクスロマーナは終わりを告げたのデスね」

「パクス？」

「ローマ帝国《ていこく》によってもたらされた平和な時代が終わりを告げたということデス」

「わたしは西洋史に疎《うと》いのでよくわからないが、少なくとも、ここの平和が終わりを告げたのは間違いないな」

藤阪と武庫川のやり取りを武庫川の背後で聞いていた小隊員の顔に緊張《きんちょう》の色が浮かんだ。

そのとき、淀屋橋小隊と貴船小隊がロビーに雪崩《なだ》れ込んできた。

「遅《おそ》くなって申し訳ありませんっ！」

と淀屋橋が叫《さけ》び。

一方、貴船中尉は、

「魔妖ですかっ⁉」

と訊《き》いてきた。

戦闘準備で集合と言われたのだから魔妖に決まっている。それでも確認せずにはいられなかったのだ。

「魔素嵐が発生した。となれば、魔妖がいるのは必然だね」

大泊がそう応《こた》えた、そのとき。

「大泊少佐！」

モニターを食い入るように見つめていた印南が切迫《せっぱく》した声を上げた。

「新たな魔素嵐が発生！　東北東、距離《きょり》およそ二・五。そちらにも魔妖がいます！」

「数は⁉」

「一《ひと》、二《ふた》、三、四《よん》、五……六」

そこで言葉を切った印南は、悲鳴のような声を上げた。

「全部S級ですっ！」

「なんだって⁉」

大泊が足早に印南の下《もと》へ歩み寄り、彼女の肩越《かたご》しにモニターを覗き込む。たしかに大きな赤い点が六個、モニターに映し出されていた。

「この大きさ、S級で間違いないね」

（魔素嵐が至近で二つ同時発生⁉　しかもS級がぞろぞろと出現するとか。そんなことがあり得るの）

普通《ふつう》なら、それはあり得ない事態だ。けれど、目の前のモニターは、あり得ないことが起きたと告げている。

大泊と印南のところへ藤阪も駆け寄ってきた。

「どうしますか、少佐⁉」

藤阪の問いに、大泊が顔を上げた。

「そうだね」

こちらには向山春日《こうやまかすが》がいる。迎《むか》え撃《う》とう。大泊がそう言おうとした瞬間《しゅんかん》、またもや印南が悲鳴のような声を上げた。いや、今回は悲鳴そのものだった。

藤阪のほうへ顔を向けた大泊だが、すぐに印南のほうへ顔を戻した。

「しょっ少佐ぁっっ、また魔素隗《まそかい》が発生しましたぁっっ！」

「なんだってぇえ⁉」

印南はモニターを見つめたまま震《ふる》える声で応えた。

「西南西、距離は約三、魔妖はＳ級が……十⁉」

「Ｓが十⁉」

その場に居合わせた者すべてが驚愕《きょうがく》に顔を歪《ゆが》めた。だが、印南の悲鳴はまだ続く。

「あぁっ？　な、なんだこれぇっ⁉」

「どうしたの⁉」

大泊がモニターに顔を近づける。

「一体、明らかにＳ級を超《こ》える魔妖が混じっていますっっ！」

なるほど、ひときわ大きく明るく輝《かがや》いている赤い点があった。

魔力源探査装置が拾った魔力は、モニターに表示される際、魔力量に応じて明暗、大小が変わる。震える指で印南が指し示す光点は、大きさも明るさもＳ級のそれを遥《はる》かに凌駕《りょうが》していた。

（淀屋橋小隊が遭遇《そうぐう》したというＳＳ級⁉　まさか、そんな怪物《かいぶつ》が……）

大泊は目まぐるしく頭を回転させた。

一度に三つもの魔素嵐が近場で発生するだけでも異常事態だ。その上、S級魔妖が一度に十体も出現し、そのうちの一つはS級を超える個体だと思われる。あり得ないことオンパレードだ。異常事態という単語が可愛《かわい》く思えてくる。

(せっかくここまで来たのに残念だけど、撤収《てっしゅう》するしかないかな)

だが、大泊の決断は遅きに失したようだ。

「魔素隗、拡散中! 出現した魔妖群も広がっていきます。こ、この配置は……」

「どうしたの⁉」

また大泊がモニターを覗き込むと、印南がモニターを指して叫んだ。

「この配置、まるでこの建物を包囲するかのような布陣《ふじん》です!」

モニターを見つめる大泊の顔に驚愕の色が浮《う》かぶ。

(布陣⁉ いやいや、それこそあり得ない。魔妖が連携《れんけい》して戦うとか、絶対にあり得ないでしょ!)

だが、明らかに魔妖群は旧区役所を取り囲むように移動している。確たる意図があるとしか思えない動きだった。

(あり得ないことが目の前で起きている。これはヤバい。理由とか、さっぱりわからない

けど、これはヤバ過ぎる）

歴戦の勇士、大泊が、数多《あまた》の魔妖を屠《ほふ》ってきた居眠り爆撃姫《スリーピングボマー》が、初めて恐怖《きょうふ》した。

大泊はすぐに貴船と武庫川、淀屋橋を呼び寄せる。

三人に藤阪が加わって作戦会議が始まった。

「すぐに撤収するよ。南へ走る。そちらの魔妖を撃破《げきは》して、あとは後ろも見ずに一目散《いちもくさん》で廃区の外まで逃《に》げるからね」

「ですが、少佐《しょうさ》。南に位置する魔妖の撃破に手間取るようですと、近くにいる魔妖に背後を衝《つ》かれます。最悪、全方位から魔妖の攻撃《こうげき》を受けてしまうかもしれません」

南側の魔素嵐で出現した魔妖は、すべてS級以上。道を塞《ふさ》ぐ物が一体、二体だとしても、すんなり突破《とっぱ》できるとは限らない。もたもたしていると、周囲に位置する魔妖が集まってくるだろう。二十六人いても、S級以上十体に囲まれてしまえば苦戦は免《まぬか》れない。

（いや、苦戦どころじゃないだろうね。最悪、何人もの兵が死ぬ。でも、ここにいて包囲されるよりはマシだろうさ）

出現した魔妖をすべて合わせると三十体以上いる。それらがすべて押し寄せてきたら、抵抗《ていこう》のしようがないではないか。逃げ道を断たれる前に包囲を突破するしかない。それが大泊の判断だ。

(それに)

大泊は突破できるだろうと思っている。彼女は藤阪に顔を向け、鷹揚《おうよう》に頷《うなず》いてみせた。

「こちらには向山春日がいるからね。向山と淀屋橋小隊がいれば、S級であっても、一体、二体なら、さほど時間をかけずに撃滅《げきめつ》できるさ」

そこで言葉を切った大泊は、淀屋橋のほうに顔を向けてから言葉を継《つ》いだ。

「だよね、淀屋橋中尉《ちゅうい》?」

「え……ああ、はい、S級が一体、二体なら、たぶん問題はないかと」

「オー、さすがトキーコ、頼《たの》もしいですネ」

武庫川は賞賛の顔で淀屋橋を見やるが、彼女を頼もしい目で見つめる者は武庫川だけではなかった。

(いやいや、べつに淀屋橋が頼もしいわけじゃないけどね。頼もしいのは向山春日だろ)

と思うものの、大泊が武庫川の意見を訂正《ていせい》することはなかった。

(向山がいたとしても、彼の魔技補助《アシスト》が効果を発揮するのは淀屋橋小隊の連中あってこそだからね)

せっかく運び込んだ物資を放棄《ほうき》することになるのは悔《くや》しいが、今は生きて戻《もど》ることこそが最優先。

「藤阪ちゃん、屋上の四人を呼び戻して。ロボ娘は空《から》で移動。いざとなったら人員を担《かつ》がせるから」

「了解《りょうかい》。すぐに屋上の四人を呼び戻します」

藤阪が多機能型《マルチ》ヘッドセットのマイク《ネコミミ》に向かって声を出そうとした、まさにそのとき、屋上の鳴滝からの鬼気迫《ききせま》る声が内耳共振《きょうしん》装置を震わせた。

「藤阪中尉っ！」

「どうした、鳴滝!?」

「魔妖の攻撃を受けていますっ！」

藤阪が目を剝《む》いた。

「なにぃ？　近くに魔妖がいるのか!?」

だが、そんな反応はモニターに映っていない。

「い、いえ、場所は不明。敵の攻撃も不明」

「はぁ？　どうしてそれが魔妖の攻撃だと……」

「魔妖の攻撃以外にあり得ませんっ！　錯乱《さくらん》した兵が味方を襲《おそ》うなんて……」

そこで声が途切《とぎ》れ、すぐに鳴滝の怒号《どごう》が響《ひび》いた。

「おい、止《よ》せ、岩倉《いわくら》っ！　くそっ、貴様もかっ！」

続いて銃声《じゅうせい》が一発、二発。

「どうした鳴滝!?　返事をしろ！」

魔妖相手ではほとんど役立たずだと言われる対魔妖戦用銃だが、人間が相手なら充分《じゅうぶん》な殺傷力がある。少なくとも魔妖に嬲《なぶ》り殺しにされるよりは死んだほうがマシという状況《じょうきょう》に陥《おちい》ったとき、確実に自害できるくらいの殺傷力が。それを使ったということは、相手が魔妖ではなく味方だということだ。

「大泊少佐《しょうさ》、屋上の味方が魔妖の攻撃を受けている模様。敵の位置と攻撃法は不明ですが、同士討《う》ちが起きているようです」

大泊が動き出した。その場を行ったり来たりしながら命令を下す。

「郡津《こうづ》ちゃん、二人連れて見に行って。武庫川小隊と淀屋橋小隊も。藤阪ちゃんとうちの残りと貴船小隊はここで待機」

「郡津、了解であります」

「藤阪、了解しました」

「貴船小隊貴船、了解です」

「淀屋橋小隊淀屋橋、了解です」

「武庫川小隊武庫川、了解でぇす」

「印南ちゃん、本部へ連絡《れんらく》を入れて状況を報告、援軍《えんぐん》を要請《ようせい》して」

「印南了解しました。本部に連絡し、援軍を出すよう要請します！」

「よし、行って。異常があれば、すぐに連絡すること。いいね？」

「郡津、了解であります」

大泊への敬礼を終えると、郡津が駆《か》け出した。それを追って二名の部下が、さらに淀屋橋小隊の六人と武庫川小隊の五人が走っていく。壊《こわ》れたままのエレベーターは使えない。全員が階段に向かった。

ロビーから駆け去っていく郡津や淀屋橋小隊の背中を見送った藤阪は、怖気《おぞけ》を感じて身《み》震《ぶる》いした。

（何かとてつもないことが起きつつあるようだ。今まで見たことも聞いたこともない異常事態が自分たちに迫《せま》りつつある。果たして自分たちは生きて廃区を出られるのか）

藤阪は暗澹《あんたん》とした思いでモニターに映る二十以上の赤い光点を見つめていた。

2

屋上に照明などない。鳴滝班が持ち込んだ数個のランタンが置いてあるから、真っ暗というわけではなかったが、やはり薄暗《うすぐら》く、はっきりと状況が視認《しにん》できない。郡津がLED製の懐中《かいちゅう》電灯を持つ右手を伸《の》ばし、屋上のあちこちに白い光を走らせると、すぐに惨状《さんじょう》が浮かび上がった。

あちこちに何人かの手足が散乱し、至る所に血の池ができていた。転がっている三つの遺体のいずれもが戦闘《せんとう》服を切り裂《さ》かれ、全身を滅多《めった》刺《ざ》しにされている。屋上の隅《すみ》にへたり込んでいる鳴滝も血塗《ちまみ》れだったが、大きく肩《かた》を上下させているところを見ると、生きているのは間違《まちが》いない。

「おい、鳴滝、何が起きた？」

懐中電灯の光を鳴滝曹長《そうちょう》に向け、郡津が怒鳴《どな》った。

「おい、鳴滝！」

だが彼女からの返事はない。鳴滝は荒《あら》い息を吐《は》いたり吸ったりしているだけだ。彼女が呼吸する度《たび》に、両肩が大きく上下動する。

「いったい何が」

近寄ろうとした郡津を、淀屋橋が引き留める。

「待ってください、郡津少尉《しょうい》」

「何か、中尉？」

「あれを」

淀屋橋が鳴滝のほうを指さすので、郡津は淀屋橋に向けた顔を鳴滝のほうへ戻す。

「あれって、どれか？」

「鳴滝曹長の右肩に何か刺さっていませんか？」

と淀屋橋に言われ、郡津が目を細める。郡津の部下だけでなく、淀屋橋小隊の五人と武庫川小隊の五人も、上体を乗り出すようにして鳴海のほうを見やった。

「ん？　あれは」

それに郡津が気づいた。

たしかに鳴海の右肩に何か刺さっているように見える。太さは一センチあるかないか。どれだけ深く刺さっているのかわからないため全長は不明だが、少なくとも肩の上に細長い物が二十センチほど飛び出ている。懐中電灯の明かりだけでは色がよくわからないが、肉色のようにも見える。

「何かの棘《とげ》……か？」

「棘にしては、おかしいです」

「ん？　何がおかしい？」

「震えているように見えませんか？」

「な、なに？」

郡津が目を凝《こ》らすと、なるほど、棘のような物が小刻みに震動《しんどう》しているように見えた。

(こいつ、こんな状況で真っ先にアレが刺さっているのに気づいただけでなく、震動していることにまで気づいたのか。大したものだな)

内心で淀屋橋に賞賛を送ると、郡津はウエストベルトから銃を抜《ぬ》いた。

「どうやら、あれが鳴滝の言った『魔妖の攻撃』のようだな」

「の、ようですね」

「となると、迂闊《うかつ》に屋上を歩けない。いつまたアレが飛んでくるかわからないからな」

郡津がそう言うと。

「ケイちゃん」

「はい、朱鷺《とき》……淀屋橋中尉」

素知らぬ顔で言い直し、墨染《すみぞめ》が進み出た。

「念のための防御《ぼうぎょ》をお願い。出窓《でまど》タイプがいいんじゃないかしら」

「了解。退廃的防御天蓋《デカダンスドーム》をタイプ出窓《ベイウィンドウ》で展開」

墨染は魔力を練り上げた。

その背後で烏丸が、

「ドームなのに出窓っておかしいよな」

と呟《つぶや》くようにツッコんでいた。

「魔技《マギ》の名前なんか、適当でいいんですよう」

「そうだな。お前の魔技《マギ》が、その典型だもんな」

烏丸と梛辻《なぎつじ》が、ひそひそと言葉を交《か》わしていると、ぶん、という音がして、一瞬《いっしゅん》、墨染の側頭部の一メートルほど先で光が煌《きら》めいた。

「見えたほうがいい？」

と墨染が訊《き》いて。

「そうね」

と淀屋橋が応《こた》え。

「機能、見え見えで」

「だから。なんでそこだけ日本語なんだよ」

烏丸が情けなそうな顔で小さくツッコむと。

「だから適当でいいんですってばぁ」

と梛辻が応じ、横から太秦《うずまさ》も、そうね、と口を出してきた。

「簡単かつ効率的に魔技《マギ》を発揮するための名前なんですものね」

「それはそうかもだけど」

烏丸はまだ納得《なっとく》のいかない顔だ。

展開した対魔妖シールド――退廃的防御天蓋《デカダンスドーム》のタイプ出窓《ベイウインドウ》――を視覚的に認知できるように墨染が操作すると、淀屋橋、郡津、そして墨染本人が立っているすぐ横の空間が薄ぼんやりと光り出した。

光が収まると、空間の一部に色がついていた。縦が二・五メートルくらい、横が二メートルくらいに亘《わた》って空中に半透明《はんとうめい》の水色の皮膜《ひまく》ができたような感じだ。その中央部分が少し出っ張っており、出窓のようだと言えなくもない。

「これで大丈夫《だいじょうぶ》かと、郡津少尉」

「よし、行こう。気をつけろよ」

郡津が先頭に立ち、その後ろに淀屋橋、さらにその後ろに墨染という順番で、鳴滝のところへ三人が近づいていく。すると唐突《とうとつ》に鳴滝が跳《は》ね起きた。予備動作も何もなしに立ち上がったその動きは人間離《ばな》れしていた。まるで操《あやつ》り人形だ。あるいは人型ロボットだ。

立ち上がった鳴滝の姿を見て、郡津が息を呑《の》む。

彼女は右の乳房《ちぶさ》の下から左腰《こし》にかけて、一直線に切り裂かれていた。戦闘服だけでなく、皮膚《ひふ》も綺麗《きれい》に切り裂かれていて、今も赤い血が流れ続け、開いた傷口からは内臓の一部がはみ出している。

「う」

口を押さえて短く呻《うめ》くと、向山が顔を背《そむ》ける。烏丸や太秦、柳辻も、そして武庫川小隊の五人も、驚《おどろ》きに目を見開いたり顔を顰《しか》めたりしているが、向山以外に目を逸《そ》らす者はいなかった。

「あれでよく生きてられるな」

と烏丸が言うと。

「本当に生きてるのかしらね」

「どういう意味だ？」

「魔妖の攻撃《こうげき》でゾンビ化したとか？」

「いやいや、さすがにそれは」

「わからないですよう？　そもそも魔妖がなんだかもよくわからないんですから、わたしたちの知らない攻撃方法を持ってる魔妖がいるかもしれないじゃないですかぁ」

「もしそうだったら、洒落《しゃれ》にならないな」

「み……みなさん、よく平気ですね」

そっぽを向いたまま弱々しい声で向山が言うと、烏丸が冷淡《れいたん》な声で応えた。

「まぁな。死人はいっぱい見た。綺麗な死体も酷《ひど》い死体も、いっぱいな」

「そう……ですか」

「烏丸、あの人はまだ死んでないわよ」

と太秦に言われ、烏丸は、

「ああ、そうだったな」

と頭を掻《か》いた。

そのとき、おかしな立ち上がり方をした鳴滝が口を開いた。

「助けて……助け……たす……タスケ……たすタス助たすタス助たすタスタスタスタス」

鳴滝の首が小刻みに前後に揺《ゆ》れ始める。

「たすたすたすたすケてくれないとぉぉお」

不意に鳴滝の姿が消えた。

いや、消えたのではない。いきなり走り出したのだ。腹を切り裂かれ、血塗れになり、内臓をはみ出させ、立っているのがやっとというその姿で、猛然《もうぜん》とダッシュしたのだ。

虚《きょ》を衝《つ》かれた郡津は対応が遅《おく》れた。

「殺しちゃいますぅぅぅぅう」

鳴滝が右手に持っていたナイフを振《ふ》り上げた。

烏丸たちが咄嗟《とっさ》にウエストベルトの銃《じゅう》を引き抜いたが、間に合いそうもない。ナイフが振り下ろされ、煌めく刃先《はさき》が郡津の胸に食い込もうとしたそのとき、郡津の横に出た淀屋橋が、郡津の首に右腕《みぎうで》を絡《から》めて引き倒《たお》した。プロレス技《わざ》のウエスタンラリアットを決めたみたいな構図だった。

「ぐぅえっっ」

おかしな悲鳴を上げ、郡津が背中から屋上の床《ゆか》に倒れ込む。おかげで鳴滝のナイフは空を切っていた。空振《からぶ》りしてバランスを崩《くず》した鳴滝に淀屋橋が右の中段回し蹴りを見舞《みま》った。淀屋橋の足の甲《こう》が鳴滝の左脇腹《ひだりわきばら》にめり込み、彼女は数メートル吹《ふ》っ飛んで、べしゃりと床に落下した。

「うわぁお。大怪我《おおけが》してる相手の腹に回し蹴りをぶちかますとか、朱鷺瑚《ときこ》さん、ほんっと容赦《ようしゃ》ないなぁ」

怪我などしてなくても悶絶《もんぜつ》しそうなくらい淀屋橋の蹴りは見事に決まったのに、鳴滝は平然と起き上がってきた。

「マジ、ゾンビじゃねえか」

と烏丸が呆《あき》れた声を出す。

「太秦、椥辻、向山を頼《たの》む」

「あ、ええ」

銃を構えて烏丸が進み出ると、郡津の部下二人も銃を構えて烏丸に続いた。起き上がった郡津も、銃を持つ右手を前に伸《の》ばし、左手を添《そ》えて照準を合わせた。

「止まれ、鳴滝」

「殺しちゃイマスよぉ。郡津サンのお腹《なか》ヲ切り裂《さ》イテ、内臓を引きズリ出してアゲマすからネぇぇ。それトモおっぱいヲ抉《えぐ》り取るホウガいいデスすかァあァァあ？」

「郡津少尉、この人はもうダメです」

淀屋橋が冷めた声でそう言うと。

「の、ようだな」

意を決して郡津が引き金を引いた。

ぱん、ぱん、ぱん。

乾《かわ》いた銃声が三度響《ひび》いた。

討魔兵の戦闘服《せんとうふく》には防弾《ぼうだん》機能などない。そして討魔兵の持つ拳銃《けんじゅう》は、対魔妖戦用の武器だが、人に向ければ充分《じゅうぶん》な殺傷力がある。

鳴滝の左胸に小さな赤黒い穴が三つ開いた。普通《ふつう》なら心臓を撃《う》ち抜かれて即死《そくし》している。それなのに鳴海は倒れなかった。

「痛い。痛い痛いいたいイタイ。酷いジャないデスか郡津サン。どウシて味方を撃つヨウナことスるんデスかぁ」

「死なないのか、こいつ」

青ざめた顔で郡津が銃の狙《ねら》いを鳴滝の頭に変えた。ナイフを持つ右手を前方に伸ばし、鳴滝がよたよたと近づいてくる。

「何か来る！　烏丸曹長《そうちょう》、下がって！」

墨染が叫《さけ》んだ。

「お？　おおっ！」

「他の人も！」

烏丸や郡津の部下が慌《あわ》てて元の場所まで駆《か》け戻《もど》り、物陰《ものかげ》に身を隠《かく》した。その直後、墨染が保持していた退廃的防御天蓋《デカダンスドーム》タイプ出窓《ベイウィンドウ》に何かが当たり、電線がスパークしたときのように火花が散った。

「鳴滝さんに刺《さ》さっていた棘《とげ》だ」

と墨染が言う。

棘は明らかに魔妖の魔力攻撃だった。魔力の攻撃である以上、よほど魔力量に差がない限り、向山の魔技補助《アシスト》で強化された防御天蓋《ドーム》で防げる。

次々と防御天蓋《ドーム》に衝突《しょうとつ》した棘は、火花を散らしながら次々と消滅《しょうめつ》した。だが、無防備で立っている鳴滝には、さらに十本近い棘が刺さった。

「くきょぇえっ」

鳴滝が怪鳥《かいちょう》か何かのような奇声《きせい》を上げた。

「こっ殺っ殺す殺さ殺さなケレば殺さなけレばければればレバ」

鳴滝はナイフを持った右手を振り上げ、そして自分の首に突《つ》き立てた。

「殺すうぅうぅうぅうぅ」

ナイフの刃《は》が首筋に食い込み、激しく血が迸《ほとばし》った。

鳴滝はナイフを抜《ぬ》き。

また突き刺し。

抜いて。

刺して。

何度も何度も突き刺して。

やがて血を噴《ふ》き出しながら倒れ伏《ふ》した。

鳴滝の体はしばらく痙攣《けいれん》していたが、やがて動かなくなった。

その場に居合わせた者すべてが、動かなくなった彼女を呆然《ぼうぜん》と見やっている。

「う……うう……」

向山が膝《ひざ》を落とし、右手で強く自分の口許《くちもと》を押さえた。

「また来たっ！」

墨染の叫び声に、全員が我に返った。

防御天蓋《ドーム》に棘がぶつかり、ばちばちと音が弾《はじ》け。

棘は眩《まばゆ》く輝《かがや》いて、そして消えた。

「郡津少尉《しょうい》、下に戻りましょう。ここはもう……」

沈痛《ちんつう》な声で淀屋橋が言い、郡津も、そうだなと頷《うなず》いた。屋上に倒れ伏す同僚《どうりょう》たちにチラっと視線を送った郡津は、覇気《はき》のない声で言った。

「戻ろう。その前に大泊少佐《しょうさ》に報告しておく」

郡津は多機能型《マルチネコミミ》ヘッドセットのハンズフリーマイクで大泊少佐を呼び出した。

鳴滝たちを呼び戻すだけにしては時間がかかっていたので、郡津からの連絡《れんらく》が入ると、大泊は不機嫌《ふきげん》な声で応《こた》えた。

「郡津ちゃん、遅《おそ》いよ。あまりに遅いんで、こちらから人をやろうかと……」

「申し訳ありません、少佐。屋上で大変な事態が発生しました。じつは」

大泊の言葉を遮《さえぎ》って、郡津は屋上での出来事を早口で報告した。

「……というわけで鳴滝班は全滅《ぜんめつ》です。こちらに被害《ひがい》はありませんが、これ以上、ここに止《とど》まるのは危険と判断しました。これから下りるところです。どうぞ」

大泊は低く呻《うめ》くような声で言った。

「そうか、わかった。とにかく急いで。以上だ」

「了解《りょうかい》です。急いで指揮所まで下ります。通信を終わります」

ふう、とため息を吐《つ》いて郡津が通信を終了《しゅうりょう》させた。

「下りよう。下は下で、厄介《やっかい》なことになっていそうだ」

3

鳴滝班が全滅してしまったので、残りの中隊員は二十二名。その全員が指揮所となっているロビーに集合した。

二十一人を前に大泊が淡々《たんたん》と話している。

「魔妖の布陣《ふじん》は南側が厚くなっている。いや、布陣と言っちゃっていいのかはわからないけど、まるで我々が廃区外へ逃《に》げるのを阻止《そし》しようというような位置取りなんだね」

「そっ、そんなことがあり得るのでしょうカ？」

大泊が話している最中だというのに、驚《おどろ》いた武庫川は思わず口を差し挟《はさ》んでしまった。

じろり、と大泊に睨《ね》めつけられ、武庫川は慌てて手で自分の口を塞《ふさ》ぐ。

「あり得ないと思うよ。常識的には単なる偶然《ぐうぜん》だろう。けれど、最悪、万が一、偶然ではない場合も想定するべきだろうね」

「偶然ではない。つまり魔妖は、我々がここに居るのを承知の上で意図的に南側に集まってきていると仰《おつしや》るのですか？」

今度は淀屋橋がそう訊《き》いた。

「位置取りを見ると、そういう可能性もあるということさ」

淀屋橋小隊と武庫川小隊の隊員たちが顔を見合わせている。郡津も驚きの顔で大泊を見つめた。一方、指揮所に残っていた藤阪や印南、貴船小隊員は驚いていないから、それはここで話し合われた事柄《ことがら》なのだろう。

「その場合、南側に逃げるのは敵の思う壺《つぼ》だろう。おそらく強力な奴《やつ》が南に回っている」

（つまり少佐は、逃げないと？）

淀屋橋は上目遣《うわめづか》いに大泊のほうを見やった。

「かといって、北には向かえない。北は元々、魔素濃度《のうど》が高いわけだからさ、こうなるといつもより多くの魔妖が出現するかもしれない。東や西に迂回《うかい》しようとしても、南に集まった強力な魔妖群に側面を衝《つ》かれた場合、結局、北へ押しやられる。そちらには、さらに強力な魔妖が控《ひか》えているかもしれない。仮にいなくても、魔素嵐に巻き込まれでもしたらそうとうに不味《まず》い展開になる」

そこで言葉を切った大泊は、郡津と二人の部下、そして淀屋橋小隊と武庫川小隊の十一人を見回してから結論を言い放った。

「ということで、我が特戦中隊はここで魔妖を迎撃《げいげき》する」

「えぇぇ〜っ？」

「マジですか⁉」

「本当にぃ？」

などという半ば悲鳴のような声が上がったが、大泊少佐はそれらを軽く無視して言葉を継《つ》いだ。

「すでに本部には連絡済みで、本部は全軍出撃の決定を下した」

ざわめきはぴたりと収まった。

「指揮は二乃瀬《にのせ》大佐《たいさ》が執《と》られる」

またも武庫川小隊や淀屋橋小隊の面々がざわついた。

「従って我々は、ここに籠城《ろうじょう》し、援軍《えんぐん》の到着《とうちゃく》を待つと、そういうことだね」

「で、ですガ大泊少佐、ここに籠城して保《も》ちますカ？　魔妖は二十体ほどもいるのではなかったデスか？　しかも、その多くがS級だったはずデハ？」

思わず力が入った武庫川は、知らず知らずのうちに体を上下に揺《ゆ》すっていた。

(凄《すげ》えな。揺れてるぞ。マジで揺れてるぞ)

横目で武庫川を見ている烏丸は、内心で感嘆《かんたん》の声を漏《も》らす。彼女が見ているのは、もちろん武庫川の大きく盛り上がった胸部だった。

(何か別の生物が寄生してるみたいだな。寄生乳《きせいにゅう》……なんちゃって)

「セッちゃん、よそ見しないの」

淀屋橋に脇腹《わきばら》を突《つ》かれ、烏丸は大慌《おおあわ》てで視線を戻した。

武庫川の指摘《してき》に大泊は、にへら、と笑った。

「普通は籠城する気になんかならないけどね。でも、こっちには向山春日がいるからさ」

いきなり名前を呼ばれ、向山が驚きの顔を大泊に向ける。

「え？　僕ですか？」

「そうだよ。あと、墨染一士」

「あ、なるほど、はい」

墨染はたちどころに大泊の考えを理解した。

「おまえのアレ、向山がいればこの建物を覆《おお》えるか？」

という大泊の言葉に、烏丸や太秦が目を見開いた。

「え？　さすがにそれは」

「ハードルが高いわね」

けれど墨染は。

「なんとかなると思います」

と応じた。

「なるのかよ」

「可能なら、本当に心強いけど」

「魔妖群が接近する前に試《ため》したい。今やってみてくれ」

「墨染、了解しました」

大泊に敬礼を送ると、墨染はちょいちょいと向山を手招いた。

「なんですか、墨染さん？」

「魔技補助《アシスト》をお願いする」

「あ、はい、それはいいですけど、どんな魔技《マギ》を使うんです？」

「退廃的防御天蓋《デカダンスドーム》のバリエーション」

「なるほど」

向山は、ドーム状に張る対魔シールドの大きさを極限にまで拡大するつもりなのだろうと推測した。

墨染は向山の正面に立った。向山と相対する形で。

ふだんの向山なら迷わず墨染の胸部に手を伸《の》ばしていたかもしれないが、さすがに大泊以下、他隊の人間の前でそれをするのは憚《はばか》られる。彼は首を傾《かし》げ、

「墨染さん？」

と声をかけた。

「ちょっと間違《まちが》えただけ」

墨染は平然とそう応え、回れ右して向山に背中を向けたが、すかさず烏丸からツッコミが入った。

「おまえは椥辻か！」

「心外な。わたしを腐脳腐女子《ふのうふじょし》と一緒《いっしょ》にしないでいただきたい」

「墨染一士も烏丸曹長《そうちょう》も酷《ひど》すぎますよう」

「いいですか、墨染さん？」

「うん、いい」

向山が右手を伸ばし、墨染は体内で魔力を練り上げる。

向山の右の掌《てのひら》が墨染の背中に押しつけられると、墨染の魔力量が爆発的《ばくはつ》に膨《ふく》らんだ。

「こ、これは」

目の前で見る向山の魔技補助《アシスト》の威力《いりょく》に大泊が目を瞠《みは》る。彼女だけでなく、その場に居合わせた討魔士すべてが、墨染の魔力が爆発的に増大するのを間近で見せられ、驚愕《きょうがく》した。

「発動。退廃的防御天蓋《デカダンスドーム》、タイプ蔦の絡まる礼拝堂《ホーリーヴェインズ》」

墨染の足下《あしもと》にエメラルドグリーンの光が点《とも》った。緑色の光点から四方八方に緑色の筋が伸びていく。幾筋《いくすじ》も。するすると。滑《なめ》らかに。

（なるほど、これはたしかに葉脈《vein》だ。でも、これが墨染さんの防御天蓋《ドーム》のバリエーションだとすれば、これはまさか……）

床《ゆか》の上を這《は》っていった無数の緑の筋は、ほどなく壁《かべ》に到達《とうたつ》した。けれど緑の筋はそこで止まることなく、そのまま壁を伝って這い上がっていく。墨染の足下で眩く輝く緑の光球は、やがて光を失って静かに消滅《しょうめつ》した。

墨染が静かに息を吐《は》いた。

「蔦の絡まる礼拝堂《ホーリーヴェインズ》、完成」

「マジでか⁉　マジでこの建物を覆った⁉」

烏丸の驚きようは尋常《じんじょう》ではない。彼女も、太秦も、淀屋橋や栂辻も。いつもの墨染の魔力の限界を知っているからこそ、いま目の前で放たれた魔技《マギ》の威力の大きさに、驚嘆《きょうたん》し、驚愕し、感動すら覚えていた。

「墨染。あたしは今日ほどおまえがチームメートだってことに感謝した日はねえぞ」

「この建物を防御天蓋《ドーム》で覆い尽《つ》くすなんて、信じられないわね」

「墨染一士はやればできる子だったんですねぇ」

「え？　わたし、栂辻士長と違《ちが》って、普段《ふだん》からやってる子だけど」

「どうして墨染一士はわたしに辛《つら》く当たるんですかぁ」

「え？　わたし、事実を述べただけ。べつに辛く当たっているつもりはない」

「墨染一士の淡々とした言葉がわたしの肺腑《はいふ》を抉《えぐ》るですよう」

「ついでに心臓も抉られろ」

「脳の腐《くさ》った部分も抉り取っちゃえば？」

「烏丸曹長と太秦曹長のは、もう虐《いじ》めですよう」

「そんなことより、大泊少佐《しょうさ》」

「なんだ、淀屋橋？」

「そんなことって、朱鷺瑚さん……」

「本当にこれで保《も》ち堪《こた》えられると？」

「この威力なら、なんとかなるんじゃないの？」

（適当ね）

と苦々しい思いになる淀屋橋だが。

「ケイ……墨染一士の魔力にも限界があります。これほど大きな蔦の絡まる礼拝堂《ホーリーヴェインズ》を使うのは初めてですし、いつ無効になるかわかりません」

「そこは向山の力に縋《すが》るしかないな。とにかく援軍が来るまで保ってくれればいいんだ、なんとかなるっしょ」

（あくまで適当ね）

と思う淀屋橋だが。

（まぁでも、この防御天蓋《ドーム》で守られていれば、全員、攻撃《こうげき》に専念できますし、援軍が来るまで保ち堪えることはできる……かしら。というか、なんとかしないとどうしようもないんですけど）

烏丸の言葉ではないが、墨染が自分の隊にいてくれてよかったと心の底から思う淀屋橋だった。

「大泊少佐、淀屋橋中尉《ちゅうい》に一つ質問、よろしいですか？」

「なんだい、藤阪ちゃん？」

では、と言って藤阪は、大泊から淀屋橋に視線を移した。

「わたしは彼の魔技補助《アシスト》のことをよく知らないので教えてもらいたいのだが」

「あ、はい、わかることなら」

と淀屋橋は釘《くぎ》を刺《さ》した。自分たち向山の魔技補助《アシスト》に関しては、いや、そもそも彼自身に関しては、よくわからないことだらけなのだから、質問に答えられない場合だってある。

(彼のことをよく知っているように思われるのは困るんですけどね)

だから淀屋橋は、わかることなら、と予防線を張ったのだ。

「彼の魔技補助《アシスト》、いったん魔技《マギ》を発動させてしまえば手を放しても平気なのか、それとも魔技《マギ》を使っているあいだは手を触《ふ》れていないといけないのか、ということなんだが」

(ああ、それならわかる範囲《はんい》内ですね)

「手を触れていないとダメみたいです」

「とすると」

藤阪はそこで言葉を切ると、墨染と向山のほうへ視線を向けた。

「防御戦《ぼうぎょせん》のあいだ、ずっと彼は墨染一士に触れていないとならないのだな？」

「そういうことになります」

「となると」

墨染と向山から視線を外した藤阪は、今度は大泊のほうを見やった。

「防御戦のあいだずっと二人は合体していないとなりません。大丈夫《だいじょうぶ》でしょうか」

「合体って！」

「言い方！」

思わず烏丸と太秦がツッコみ、栩辻が嫉妬《しっと》に燃える目で墨染を睨《にら》んだ。

「わたしより先に春日と合体するだなんて許しませんよう」

大泊は我関せずという顔で藤阪に応《こた》える。

「早ければ一、二時間、遅《おそ》くても三、四時間だ、問題ないだろう？」

「その振《ふ》れ幅《はば》の根拠《こんきょ》を教えていただけますか？」

と淀屋橋が訊《き》いた。

「途中《とちゅう》で魔妖群と遭遇《そうぐう》した場合が三、四時間で、そうでなければ一、二時間ってことだね、淀ちゃん」

「なるほど。了解《りょうかい》です」

と淀屋橋は言ったが。

「ですが少佐、もし敵の攻撃がこの建物に入ったりすると、壁や天井《てんじょう》の一部が崩《くず》れてくる虞《おそれ》もあります。慌《あわ》てて逃《に》げようとしたときに手が離《はな》れてしまった、というのは、あり得ることではないでしょうか」

「あぁ、そうだねぇ」

大泊は少し考え込んだが。

「淀ちゃん、触れている箇所《かしょ》は掌と背中限定じゃないんだよね？」

「ええ、それは。試したのは一、二度ですが、他《ほか》の箇所でも大丈夫でした」

「なら、二人の手と手を繋《つな》げて縛《しば》っておくのはどうかな、藤阪ちゃん」

「なるほど」

「それとも、二人三脚《ににんさんきゃく》レースのときみたいに、片足ずつ縛っておくとか」

「少佐、それです。いっそ背中と背中をくっつけた状態で全身をぐるぐる巻きにしてしまえば如何《いかが》でしょう」

（おいおいおい！）

（いきなり何を言い出すの、この人⁉）

烏丸と太秦が心の中で盛大《せいだい》にツッコんだ。

「それだと、いざというとき走り難《にく》いだろ。墨染ちゃんのバックと向山春日のフロントを結合して縛るのがいいんじゃないかな？」

（結合て！　いいわけないでしょ！）

烏丸は盛大にツッコんだ。あくまで内心で。

「墨染一士がわたしより先に春日と結合合体するなんて羨《うらや》ましすぎますよう」

栁辻は、ぎりぎりと歯嚙《はが》みしながら墨染を睨んでいる。その目の光には殺意すら感じるほどだ。

「あのう、大泊少佐」

「なんだい、墨染ちゃん」

「フロント同士とか、フロントとバックとかの合体だと精神集中が乱れるので、できれば手と手を繫ぐぐらいにしておいていただけると助かります」

「そうか。そうだな。魔技《マギ》の使用に集中してもらわないとならないものね。よし、二人に手を繫がせて、縛ろう」

「本当にやるのですか、大泊少佐？」

「やるよ、淀ちゃん。今はもう、効果がありそうだと思うことはなんでもやってみるしかないんだからさ」

いいの、ケイちゃん？　という思いを乗せて、淀屋橋は墨染を見やった。

「いい。やる」

墨染が力強く頷《うなず》き。

「僕もかまいませんよ」

向山はにっこりと笑い。

「くぅやしぃ〜〜」

栁辻が涙目《なみだめ》になって身悶《みもだ》えた。

4

大泊が全員の配置を決めた。

魔技補助《アシスト》でブーストされた退廃的防御天蓋《デカダンスドーム》タイプ蔦《ホーリーヴェインズ》の絡まる礼拝所が効いているから、すり抜《ぬ》けてくる魔妖は阻止《そし》できる。そう判断した大泊は、全員を三階に上げた。

三階ならば、ある程度の見通しが利《き》く。同時に、いざというとき飛び降りても死ぬことはない。討魔兵は、建物の二階くらいなら平気で飛び降りられる程度の訓練は積んでいるのだ。とはいえ三階ともなると、運が悪ければ足を挫《くじ》いたり骨に罅《ひび》が入ったりすることもあるだろうが、それが恐《こわ》ければ二階に下りてから飛び降りればいい。一階分を下りるだけなら大して時間はかからない。

見通しの良し悪《あ》しだけなら、四階、五階に上がったほうがいいに決まっているが、いざというときのことを考え、大泊は三階で迎撃《げいげき》することにしたのだった。

その布陣《ふじん》は。

南側に淀屋橋小隊。

東側に貴船小隊。

北側に大泊小隊。

西側に武庫川小隊。

淀屋橋が南側を担当するのは、向山の魔技補助《アシスト》があるからだ。

魔技補助《アシスト》でブーストされた魔技《マギ》で強力な魔妖群主力を迎え撃《むかう》つのである。だが、大泊が全員を三階に上げようとする前に栂辻が意見を具申した。

「大泊少佐ぁ、向山春日の魔技《マギ》を受けての迎撃には一つ問題があると思うのですう」

「なんだ、腐ったちゃん？」

「大泊少佐の呼び方が酷《ひど》すぎて泣けてきますよう」

「いま急いでるんだけど？　早く言ってくんないかな？」

大泊に急《せ》かされ、栂辻は慌てて姿勢を正した。

いま大泊を怒《おこ》らせたりすれば、

「じゃあ、お前だけ外に出て魔妖を迎撃。頑張《がんば》って〜」

などと言われかねない。

「墨染一士の魔技《マギ》を補助しているため、向山春日の右手はすでに塞《ふさ》がっています。空いているのは左手だけでして、彼の魔技補助《アシスト》を得て魔妖を攻撃できるのは一人しかいないことになるですよう」

「あ！」

「なるほど」

「そうだった」

淀屋橋や烏丸、太秦が意表を衝《つ》かれたという顔になる。

「う〜ん、しかし」

「そうね。驚《おどろ》いたわね」

烏丸が唸《うな》り、淀屋橋が何度も頷いている。

「どうかしたんですかぁ、烏丸曹長《そうちよう》、淀屋橋小隊長？」

「いや、言われてみれば当然の指摘《してき》なんだけど、真っ先に指摘したのが椥辻だったというのに驚いている」

「ええ、そうね。驚き桃《もも》の木山椒《さんしよ》の木だわ」

「烏丸曹長も淀屋橋小隊長も酷い～。わたし、どんだけバカだと思われてるんですかぁ」

横から太秦が参戦してきた。

「バカというか、腐《くさ》ったバカだけど」

「太秦曹長が最低過ぎて泣ける！」

「そっかぁ。それは考えてなかったねぇ」

と大泊が唸った。

「空きスロットは一つだけということなんだね、淀ちゃん？」

（空きスロットって。言い得て妙《みょう》だけど）

苦笑《くしょう》しつつ淀屋橋が頷いた。

「そうですね。わたしもうっかりしていました」

「魔技補助《アシスト》で魔技《マギ》を盛れるのは一人だけと。そうなると、南側は淀屋橋小隊だけでは少しキツいか。仕方がない、わたしも南に加わるとしよう。南に比べれば、東西と北は魔妖のレベルが低いようだから、そちらは君たちでなんとかしてもらうしかないな、貴船ちゃん、武庫川ちゃん」

「貴船、了解です」

「武庫川、了解でぇす」

「藤阪ちゃんも頼《たの》んだよ」

「了解しました」

「想定以上の魔妖に襲《おそ》われた場所には、他の場所から応援《おうえん》に行くということで。その辺は臨機応変にやろう。いいね？」

「はい」

「とにかく援軍が来るまでの辛抱《しんぼう》だ。全力で支えよう」

「はい！」

「よし。三階に上がって配置に就《つ》くよ。印南ちゃん、魔妖群の様子は？」

「一体だけ七百～八百メートル付近にいますが、それ以外はまだ一キロ以上離れています。じりじりと包囲の輪を縮めている感じですね」

「一体だけ七百～八百か。ということは、味方を錯乱《さくらん》させた棘《とげ》みたいなのを撃ってきたのがそいつかな」

と言って、大泊が淀屋橋を見た。

「そうですね。方向的にも合っていますし、そいつで間違《まちが》いないかと」

「そいつがいる限り、屋上には出られないな。墨染ちゃんの蔦《ホーリーヴェインズ》の絡まる礼拝所に守られてるから、建物の中に撃ち込まれる心配はないだろうけどさ。しかし」

大泊は小さく首を捻《ひね》った。

「包囲の輪を縮めるねぇ。ずいぶんと魔妖らしくない動きだね、藤阪ちゃん」

「ええ。今まででしたら、同時発生した場合でも、時間の経過とともに位置取りはバラけ、突出《とっしゅつ》するものもいれば遅《おく》れるものもいるというように、いい加減な動きだったのに、今回はやけに統制が取れていますね」

「統制が取れてる……か。まさか指揮官がいたりしてね」

「まさか。それ、洒落《しゃれ》になっていませんよ、少佐《しょうさ》」

「そうだね。まぁ、今それを考えていても仕方ない。印南ちゃん、通信機器や魔力源探査《モニタリング》装置《ポスト》など、必要なものはロボ娘《こ》に運ばせて三階に上げておいて」

「印南、了解《りょうかい》です。通信機などはロボ娘に運んでもらいます」

「よし、上がろう」

5

「カガちゃん、どう?」

「だいぶ近づいてきましたねぇ。こちらの魔力源探査装置でも、はっきりと把握《はあく》できます。

距離《きょり》およそ五百といったところですよう。屋上からなら、もう見えるんでしょうけど」

いつもの枷辻の話し方だが、声音《こわね》には緊張感《きんちょうかん》が滲《にじ》み出ている。

旧区役所は、北側が目白通りに面している。南側は基本的に住宅街で、ところどころにビルも建っているが、その大半は倒壊《とうかい》しているので、割と見通しはよかった。とはいえ、しょせん三階だ、それほど遠くまでを見渡《みわた》せるわけではない。

「まぁ、夜中だしね」

窓の前に立ち、顔を巡《めぐ》らせていた大泊が言った。

「暗視装置があるとはいえ、ある程度距離が離《はな》れているときは、魔力源探査装置に頼《たよ》るしかない」

窓には、もちろんガラスなど嵌《は》まっていない。

大泊は素通《すどお》しの窓の前に堂々と立っている。かなり大胆《だいたん》な振《ふ》る舞《ま》いだが、墨染の蔦《ホーリー》の絡まる礼拝所《ヴェインズ》が建物を覆《おお》っているから、魔妖の攻撃《こうげき》を受けても問題ないと思っているのだろうか。だとしても、大した度胸だと烏丸は感心する。

(あたしなんか、喉《のど》はひりつくわ、体が強《こわ》ばるわ、動悸《どうき》が凄《すご》いわ、呼吸は早いわなのに)

見れば、小隊の仲間の誰《だれ》もが烏丸同様、緊張感に包まれている。というより、フロア全体に重苦しい緊張感が満ち溢《あふ》れていた。そんな中でも飄々《ひょうひょう》として普段《ふだん》通りなのが、大泊と向山の二人だった。

向山は、部屋のほぼ中央に立つ墨染と手を繋《つな》いだまま——手が離れないように縛《しば》られているー—興味深そうに室内を見回している。

（あいつ、本当に緊張感がないな。恐《こわ》くないのか、この状況《じようきよう》が。っていうか。手を繋いでる墨染と向山を見てると、いちゃつくバカップルを見てるようで、なんか腹立つ）

たしかに墨染と向山が手を繋いで立っている様は、緊張感溢れたこの場の状況にかなりそぐわない光景だったが、烏丸が苛立《いらだ》っている理由は、もしかしたらそれだけではないのかもしれない。

「いま四百！」

椥辻の甲高《かんだか》い声が静まり返った部屋に響《ひび》く。

「うわわ、なんですか、これぇ⁉」

椥辻の悲鳴のような声が轟《とどろ》いた。

「どうした⁉」

振り返った大泊が鋭《するど》い声で訊《き》いた。

「特別に魔力反応が巨大《きよだい》な奴《やつ》がいますう！　他《ほか》のＳ級よりずっと大きいですよう！　これ、印南士長が言ってた超《ちよう》Ｓ級ですかねぇ」

即座《そくざ》に大泊は多機能型《マルチ》ヘッドセット《ネコミミ》の視認《しにん》モードを赤外線探査から魔力源探査に切り替《か》える。淀屋橋や烏丸、太秦など、窓から外を窺《うかが》っていた者も続いた。

「うわ、マジでなんだこれ!?」

大泊の口から素《す》っ頓狂《とんきょう》な叫《さけ》び声が漏《も》れた。

「このあいだの肉のサイコロ並じゃない？」

と淀屋橋が言うと、太秦が震《ふる》える声で応《こた》えた。

「い、いいえ、このあいだのより大きいのでは？」

「つまり、肉のサイコロより魔力が大きいってことか」

烏丸が呻《うめ》くようにそう言った。

魔力源探査装置で示される魔妖の存在を示す光点は、魔力量が大きいほど、明るく大きく表示される。そして魔力量が大きい魔妖ほど、そのサイズも大きいという傾向《けいこう》が——百パーセント、そうだというわけではないが——あった。

「見えた！」

暗視モードに戻《もど》して窓の外を覗《のぞ》いていた大泊が叫んだ。

「でかい！　たしかに特大サイズだな、あれは」

淀屋橋、烏丸、太秦もすぐに暗視モードに切り替えて、身を乗り出すようにして窓から外を遠望する。

「な……なんだ、あれは」

モニターを覗いている栁辻は、窓のところへ駆《か》け出したい衝動《しょうどう》をかろうじて抑《おさ》えたが、墨染と向山は我慢《がまん》できずに窓際に駆け寄ってきた。

6

見えたのは、巨大な円筒《えんとう》形の魔妖だった。

このあいだ遭遇《そうぐう》した魔妖が肉のサイコロだとすれば、いま目の前に出現したのは、圧倒《あっとう》的な質量を保つ肉のローラーだ。横幅《よこはば》が三十メートルくらいあって、高さは軽く十メートル以上ある。

静まり返った廃区に、建物が押し潰《つぶ》される音が響く。

月光に照らし出された廃区の瓦礫《がれき》の街を、巨大な肉のローラーが、ごろり、ごろりと回転して、壊《こわ》れかけた家並みを押し潰しながら、ゆっくりと進んでくる。

肉のローラーが通った跡《あと》は、幅員《ふくいん》が三十メートルもある道路ができていた。

悪夢的なその光景に幻惑《げんわく》されたのか、それとも想像を遥《はる》かに超《こ》える魔妖の巨大さに圧倒されたのか、全員が声もなく立ち尽《つ》くしたままそれを見つめていた。

「お……大泊少佐《しょうさ》」

淀屋橋の震える声に、大泊が反応した。そこからの彼女は、さすがに百戦錬磨《ひゃくせんれんま》と言うに相応《ふさわ》しい討魔の兵士だった。

「淀ちゃん、あれを近づけたら不味《まず》い！　すぐに攻撃を始めて！」

「あ、はい、了解です」

淀屋橋は烏丸と太秦に顔を向けた。

「セッちゃん、ザミちゃん、どちらが行く？」

さすがの淀屋橋も緊張《きんちょう》しているようで、大泊の前だというのに、二人の呼び方が「セッちゃん」「ザミちゃん」になっている。

「あたしから行くわ。いいか？」

太秦が、こくりと頷《うなず》いた。

「すぐに替《か》われるように用意はしておくから」

二人の魔技《マギ》は氷結系と炎熱《えんねつ》系という対照的なものだ。仮に片方の魔技《マギ》が効きづらくても、もう一人の魔技《マギ》なら効くという場合が多い。だから太秦は、烏丸の液体窒素槍《ニトロジエノン》が効かなかった場合に備えておくと言っているのである。

その間に大泊は、自分の小隊と貴船小隊、武庫川小隊に連絡《れんらく》を取り、状況を伝え、

「増援《ぞうえん》が必要になるかもしれないから、誰か用意しておいて」

と命じた。

とはいえ、東西と北側も、じりじりと魔妖群が迫《せま》りつつあったから、出せるのはせいぜい一人までだろう。

(合わせて三人。それでもいないよりはマシだろう)

大泊はそう開き直って隣《となり》の窓際《まどぎわ》を見やった。そこには墨染と向山が並んで立ち、二人のすぐ前に烏丸が立っている。

向山は烏丸の背中に向けて空いている左手を伸《の》ばした。

「かはっ。来たっ!」

自分の中の魔力量が爆発《ばくはつ》的に膨《ふく》れ上がるのを感じて、烏丸は歓喜《かんき》の声を上げる。

(これなら、あの巨大な肉ローラーだって氷らせることができそうだ)

「最初から全力で行くぜ。液体窒素槍《ニトロジエノン》、発動!」

烏丸の周囲で空気が渦《うず》巻《ま》き、液体窒素槍《ニトロジエノン》が次々と出現した。
十、二十、三十。
槍《やり》は室内の空間を埋《う》め尽くす勢いで増えていく。

四十、五十。
「凄い！」

隣に立つ墨染が、後方に控《ひか》えて立つ太秦が、少し離れた場所に並んで立つ淀屋橋と大泊が、目を見開いて浮《う》かんだ五十本の液体窒素槍《ニトロジエノン》を見つめる。

大量の液体窒素槍《ニトロジエノン》が部屋の気温を下げた気がして、向山は思わず身震《みぶる》いした。

「距離、三百！」

椥辻の声が響くのと同時に、烏丸は槍を発射させた。

「液体窒素槍《ニトロジエノン》、発射《シュート》！」

五十本の槍は音もなく宙を滑《すべ》り、次々に窓から外へと飛び出していく。

大泊も淀屋橋も、期待に満ちた目で暗視モードの映像をズームアップした。

山形《やまなり》の軌道《きどう》を描《えが》いて飛んだ液体窒素槍《ニトロジエノン》は、すべてが巨大ローラーに命中した。

「まぁ、あれだけデカイと外しようがないもんな」

烏丸は意気揚々《いきようよう》だったが。

「魔妖の動きが停止しましたよう！」

「当然だな」

烏丸は鼻高々だったが。

「い、いや？」

大泊が素っ頓狂な声を上げる。

「全部が凍《こお》りついてないぞ？　というか、氷った部分が縮小していく⁉」

「マジですかっ⁉」

烏丸も慌《あわ》ててバイザーの映像をズームアップする。

なるほど、動きの止まった魔妖の白く変色した面積が次第《しだい》に小さくなっている。つまり、
再生機能は満足に働いているわけだ。

「嘘《うそ》だろ。このあいだの肉のサイコロは凍りついたのに」

「氷結系への耐性《たいせい》があるのかしらね」

と淀屋橋が言うと、太秦が烏丸の肩《かた》を軽く叩《たた》いた。

「どうやらわたしの出番のようね」

「そ、そうだな」

「まぁ、そういうこともありますよ、烏丸さん」

向山があっけらかんとした声をかけてきたので、烏丸は小さくため息を吐《つ》いた。

「おまえ、慰《なぐさ》めになってないぞ、その言い方」

「巨大《きよだい》魔妖、前進を再開！　その背後に六体のＳ級魔妖がいます！」

「烏丸ちゃん、早く太秦ちゃんと交代して」

「了解《りょうかい》っす」

烏丸は少し悔《くや》しそうな顔で向山の前から離《はな》れ、代わりに太秦が立った。

向山が左手を太秦の背中に当てると、太秦の中の魔力量が爆発的に増えていく。

「超高熱炎弾《リトルサンフラワー》、生成」

太秦の頭上に、一つ、二つ、三つと、灼熱《しゃくねつ》の光球が出現した。

光球はなおも数を増し、最終的には七つにまで増えた。

冷やされていた空気が、一気に温まった気がする。

(というか、暑くないですか、これ)

向山は自分の魔技補助《アシスト》がたしかに効いているのを実感している。

(だったら、どうして烏丸さんの魔技《マギ》が魔妖に効かなかった？　本当に相性《あいしょう》とか耐性とかの問題なのかな？)

そこはかとない不安が胸を過《よ》ぎる。それは、彼が初めて感じる類《たぐ》いの感情だった。

「超高熱炎弾《リトルサンフラワー》、投擲《スロウ》！」

ふわりと炎弾《えんだん》が舞《ま》い上がり、宙を飛んでいく。速度は液体窒素槍《ニトロジエノン》より遅《おそ》いが、その分、狙《ねら》いをつけるには適している。

（もっとも、あれだけ的が大きいと、狙いをつけるも何もないんだけど）

太秦は巨大な肉のローラーを睨《にら》みつけるだけだが、それで炎弾は標的に導かれる。

ずぶり、ずぶり、ずぶり、と炎弾が肉のローラーに潜《もぐ》り込んだ。

命中した七箇所《かしょ》が変色し――暗視モードだと白っぽく見える――その範囲《はんい》が次第《しだい》に周辺に広がっていく。

「やったか⁉」

烏丸が身を乗り出したが、変色した部分の面積は潮が引くように小さくなっていった。

「か～、ダメか！」

烏丸は天を仰《あお》ぎ、右手を叩くように額に乗せた。

「ダメ……だわね。相性の問題ではないのかしらね。単純に、あの肉ローラーの魔力量が、こちらより圧倒的に大きいってこと？」

「そんなこと、あるのか⁉　こっちには向山の魔技補助《アシスト》があるんだ。ＮＡ《ノーマルアスピレーション》じゃなくて過給器《ターボチャージャー》付きなんだぞ！」

「そんなこと言っても、実際、効かないんだから仕方がないじゃない？」

「仕方がないの一言で済ますなよ」

「君たち、会議はあとにして。次。次の人、行って」

大泊が切羽詰《せっぱつ》まった顔で促《うなが》す。さすがの居眠り爆撃姫《スリーピングボマー》も少し焦《あせ》っているようだ。

「じゃあ、次はわたしがやってみるわね」

淀屋橋が進み出てきて、太秦と交代した。

「あ、淀屋橋隊長、こちらを向いて立ってみませんか」

「まぁあ、向山君たら何を言っているのかしら。戯言《たわごと》をほざいていると首をねじ切りますけど？」

首をぐるりと回した淀屋橋の顔に、いつもの笑《え》みは浮かんでいなかった。

(恐《こわ》っ。マジ顔の淀屋橋さん、恐っ！)

震《ふる》え上がった向山は、前に伸ばした左手を眼前でぶるぶると振《ふ》った。

「すみません、ちょっとした冗談《じょうだん》です、気にしないでください」

「いいから、早くやってね？」

顔を戻《もど》した淀屋橋に催促《さいそく》され、向山は慌てて左の掌《てのひら》を淀屋橋の背中に押し当てる。

「吸魔大輪《ラフラフレシア》、種子発現♥」

空中に種子が浮かんだ。

一見、タンポポの種子のようだが、それより遥かに大きい。

「吸魔大輪《ラフラフレシア》、種子散布♥」

大きな種子が空中を浮遊《ふゆう》するように飛んでいく。

太秦の炎弾よりもさらに速度が遅い上に、標的にきっちりと落とすのはかなり難しいのだが、今回は相手が桁外《けたはず》れの大きさなので、それほど難易度は高くない。

炎弾攻撃《こうげき》によっていったん止まった肉のローラーが再び動き出したところへ、吸魔大輪《ラブラフレシア》の種子が降り注いだ。

毒々しい赤色――暗視モードでは赤くないが――をした大きな花が次々に咲《さ》いていき、ローラーの表面は、あっという間に赤い大輪の花に埋め尽《つ》くされた。

進みかけたローラーが、また止まった。

巨大《きょだい》な魔妖が小刻みに震えている。

「今度こそ効いたか!?」

またも烏丸が身を乗り出し。

大泊も太秦も、同様に身を乗り出し、期待に目を輝《かがや》かせる。

ところが、咲いた吸魔大輪《ラブラフレシア》の赤が、みるみる色褪《いろあ》せていく。

淀屋橋の隣に立つ墨染が、あ！　と言った。彼女にしては珍《めずら》しく驚《おどろ》きの感情が声と共に漏《も》れている。

「そんなっっ」

淀屋橋が悲鳴を上げた。

「花が萎《しお》れていくっ⁉」

肉のローラーの表面を埋め尽くしていた吸魔大輪《ラブラフレシア》の群れは、その大半が萎れ、枯《か》れた。

「向山君の魔技補助《アシスト》でブーストした朱鷺瑚さんの吸魔大輪《ラブラフレシア》でもダメなのかよ」

「前回と同じね。魔妖の魔力を吸いすぎて枯れた……みたいな？」

「そんな魔力量なの、あいつ」

「SS《エスエス》っていうより、SSS《トリプルエス》よね、もう」

「そんなランクは討魔兵団にはないけどね」

横から大泊がそう応《こた》えた。

「肉ローラー、前進を再開！」

栁辻の叫《さけ》び声で、みな一斉《いっせい》に窓の外に視線を向けた。

全体が少しだけ縮んだような気もするが、それでも肉のローラーは何事もなかったかのように転がり始め、進路上にある家屋やビルを押し潰《つぶ》しながら近づいてくる。

「後方の魔妖群も前進を再開！」

「やべ～な～。向山がいても前進を止められないとか、想定外だわ～」

割とのんびりした口調だったが、口調とは裏腹に、大泊の表情は強《こわ》ばっている。

「あっっ！」

「どうしたの、カガちゃん？」

「東、西、北の魔妖群も進み始めました。なんですかこれぇ!?　まるで南側の動きに呼応したみたいですよう」

まさか、と一笑《いっしょう》に付したいところだが、魔妖群全体の動きを見ていると、強《あなが》ち的外れな感想でもなかった。

「いや、それはあとで検討、だね。今はあいつの接近を食い止めないと」

「どうしますか、大泊少佐《しょうさ》？」

と淀屋橋が訊《き》くと、大泊は彼女に顔を向けて訊いた。

「淀ちゃん、いつも見ている君ならわかるよね？　今の三人だと誰《だれ》の魔技《マギ》がいちばん効いてたと思う？」

「え？　あ、はい、そうですね、ザミちゃん、太秦曹長《そうちょう》の超高熱炎弾《リトルサンフラワー》がいちばん効いていたようには思いますが」

「そうか、よし。じゃ、太秦ちゃんがターボ攻撃。淀ちゃんと烏丸ちゃんとわたしはNA《エヌエー》攻撃。単体じゃあ効かなくても、四人の魔技《マギ》を集中させれば、足止めくらいはできるかもしれない」

(かもしれない、か。どうにも心許《こころもと》ないな。でも、それしかないよな。それに、居眠り爆撃姫様《スリーピングボマー》の魔技《マギ》はかなり強力だって話だから、もしかしたらもしかするかも)

烏丸は、まだ自分の目で見たことのない大泊の魔技《マギ》に期待をかけることにした。

「ですが、攻撃を肉のローラーに集中させると、背後の魔妖に楽々と接近を許してしまいませんか?」

淀屋橋がそう訊くと、大泊は、仕方ないね、と肩をすくめた。

「ここまで来ちゃったら、あとは墨染大明神《だいみょうじん》にお縋《すが》りするしかないね。肉のローラーさえ止まれば、他《ほか》の魔妖を攻撃できるんだから。ターボはS級になら効くんでしょ?」

「はい、それは実戦で実証済みです」

「なら、なんとしても肉ローラーを止める。それが最優先だね」

「了解しました!」

淀屋橋が大泊に向けて敬礼を送った。

「みんなもいいわね?」

「「了解です!」」

「んじゃ、わたしと淀ちゃん、烏丸ちゃんは窓まで進んで肉ローラーを攻撃。あぁ、太秦ちゃんが炎弾を飛ばすための窓は開けておいてね」

「了解しました」

淀屋橋と烏丸が左右の窓に陣取《じんど》った。

「向山君と太秦ちゃんは、そこから攻撃して」

「了解《りようかい》です」

「了解しました」

大泊は、自分が受け持つ窓に進み出る前に墨染に声をかけた。

「頼《たの》んだよ、墨染ちゃん。君の退廃的防御天蓋《デカダンスドーム》が最後の砦《とりで》だ」

「はい。頑張《がんば》ります」

「さぁて、やろうか」

向山たちから見て左手の窓に陣取った大泊が、一つ欠伸《あくび》をした。

「ふわ〜あ。どうにも眠《ねむ》いね。早く片づけてゆっくり寝《ね》たいものだわ」

淀屋橋も烏丸も、太秦も墨染も、緊張感《きんちようかん》のない大泊の所作に呆《あき》れてしまう。

(剛胆《ごうたん》というか、ネジが一本抜《ぬ》けているというか。こんな絶体絶命の状況《じようきよう》に追い込まれて、よくもあんなふうに欠伸ができるものだな。ちょっと頼もしい)

唯《ただ》一人、モニターを見つめている椥辻が血走った目で叫んだ。

「ローラーの移動速度、少し上がりました！　北の魔妖群は、もうすぐそこまで近づいていますよう！」

「梛辻ちゃん！」

「はいぃ!?」

「東《トン》、西《シャー》、北《ペー》の状況から目を離《はな》さないでよ？　戦況《せんきよう》の推移は逐次《ちくじ》、報告して。いいね？」

「梛辻、了解しましたぁ」

「ローラー、来ます！」

淀屋橋の声に、大泊が顔を戻した。

間近に迫《せま》る肉のローラーの迫力《はくりよく》は、それはもう圧倒《あっとう》的だった。

7

二十本の液体窒素《ニトロジェノン》の槍が突《つ》き刺《さ》さり。

吸魔大輪《ラブラフレシア》の種子が無数に降り注ぎ。

十個の超高熱炎弾《リトルサンフラワー》が潜り込み。

青白く凍《こお》りついた箇所《かしょ》と橙色《だいだいいろ》に燃え滾《たぎ》る箇所が斑《まだら》に入り交じり、さらにそこへ毒々しいまでに赤い大輪の花が咲き乱れ、肉のローラーは実にサイケデリックな様相を呈《てい》した。

「雷神の飛雷針《サンダーボルトフィーバー》」

天空から無数の雷撃《らいげき》が降ってきた。

これが大泊の魔技《マギ》である。

雷撃は容赦《ようしゃ》なく降り注ぎ、焦《こ》げた肉のローラーの体表が、ごっそりと剥落《はくらく》した。

（凄《すげ》え！　威力《いりょく》も大きいけど、何よりあたしや太秦が氷らせたり灼《や》いたりした箇所に的確に雷撃を落としてるのが凄え！）

（あれが居眠り爆撃姫《スリーピングボマー》の本気なのね）

烏丸や太秦が驚き、感心する。

今では肉のローラーの動きは完全に停止していた。淀屋橋の吸魔大輪《ラブラフレシア》も効いているのだろう、ローラーの容積は先ほどより一割くらいも減っているように思えた。

「行ける！　効いてる！」

勢い込んだ烏丸は、なおも液体窒素槍《ニトロジエノン》を十五本、空間に浮《う》かべた。

太秦も新たな超高熱炎弾《リトルサンフラワー》を十個、用意《セット》し終える。

淀屋橋は様子見の構えだ。

これ以上の数の吸魔大輪《ラブラフレシア》を植えても、烏丸や太秦、大泊の攻撃で吹《ふ》き飛んでしまうから意味がない。

「発射《シュート》――！」

「投擲《スロウ》！」

槍《やり》と炎弾《えんだん》が飛んでいって。

着弾した箇所に雷撃が降り注いだ。

ゾゾゾゾゾ。

肉のローラーが怒《いか》りに震《ふる》え、咆哮《ほうこう》を上げた。

いや、実際に吼《ほ》えたのかどうかはわからない。わらないが、烏丸には、魔妖が自分たちの攻撃に対してなんらかの意思表示をしたのは間違《まちが》いないような気がした。

突然《とつぜん》、ローラーが回転を始めた。

「動いたっ⁉」

モニターを見ている椥辻が叫んだ。

「いいえ、動いてませんよう。あれ、きっとその場に留《とど》まったまま回ってるんですぅ」

「どういうことかしら」

「かまうもんか。断末魔《だんまつま》の悪足《わるあ》掻《が》きかもしれないだろ。攻撃を続行しようぜ、太秦」

「そう……かな」

「うん、烏丸ちゃんの言うとおりだね。続けよう」

「了解っすよ」

烏丸は液体窒素槍《ニトロジエノン》を十本、浮かべた。

出せる本数が次第《しだい》に少なくなっているのは、魔力量の残りが減っているからだ。それは彼女自身も感じている。だからこそ、そろそろ肉のローラーをなんとかしたいのだ。そうでないと、後方にいる魔妖群と戦うだけの魔力が残せなくなる。

太秦は十個の超高熱炎弾《リトルサンフラワー》を出現させた。彼女は向山の魔技補助《アシスト》を受けているから、まだ魔力の残量を気にすることはない。

二人が槍と炎弾を撃《う》とうとする直前、突如《とつじょ》、ローラーの回転数が上がった。ばり、がり、ごりという破砕《はさい》音が響《ひび》き渡《わた》り、地面が激しく揺《ゆ》れる。

「み、見えなくなったぞ⁉」

ローラーの下敷《したじ》きになっている瓦礫《がれき》が砕《くだ》かれ、粉塵《ふんじん》となって舞《ま》い上がっているのだ。もうもうたる粉塵で、巨大《きょだい》なローラーが霧《きり》に包まれたように朧《おぼろ》げな姿になった。

烏丸が忌々《いまいま》しそうに叫ぶ。

「これじゃ狙《ねら》いをつけられない」

「それを狙っているのかしらね」

「魔妖にそんな知恵《ちえ》があるとも思えないけどな」

「とりあえず、わたしが攻撃を続行する。君たちは弾《たま》を保持したまま様子見だ」

「了解です、少佐《しょうさ》」

大泊が超高速《ちょうこうそく》で回転しているローラーに向かって雷神の飛雷針《サンダーボルトフィーバー》を雨霰《あめあられ》のように降らせた。

ところが何かのシールドでも張られているかのように、雷撃はローラーの寸前で弾《はじ》かれ、あらぬ方向へと飛んだ。

地面や建物に衝突《しょうとつ》した雷撃は、眩《まばゆ》い閃光《せんこう》を放って消えてしまう。

「弾かれたっ!?」

大泊が驚《おどろ》きの顔になる。彼女がそれほど露骨《ろこつ》に驚くところを見たことがなかったので、大泊が驚いたことに淀屋橋たちが驚いた。

「なんらかの対魔防御《ぼうぎょ》の力場でも張られているのかしら」

と淀屋橋が首を傾《かし》げると、眉《まゆ》を顰《ひそ》めて墨染が言った。

「巻き上げた粉塵に魔力を乗せて雷撃を弾いているのでは」

「なるほど。それなら納得《なっとく》できるわね」

「朱鷺瑚さん、納得してる場合じゃないって」

「えっと、大泊少佐?」

「待って。回転が止まるよ。止まったら、また総攻撃《こうげき》して、あいつを削《けず》ろう」

たしかに大泊の言うように、魔妖の回転が次第に遅《おそ》くなっていくのがわかった。

止まった瞬間《しゅんかん》に備えて、烏丸や墨染が槍や炎弾を撃ち出す用意を調《ととの》えた。

やがて魔妖の回転は止まり、地面の震動《しんどう》も、瓦礫の破砕音も同時に止《や》んだ。

「なんだってぇええ!?」

大泊が、淀屋橋が、烏丸が、太秦が、墨染が、揃《そろ》って目を剝《む》いた。

「傷が消えてるぅぅぅ!?」

照明のない夜間に赤外線モードで見ているから、はっきりとはわからないが、それでも先ほどまであった、灼熱《しゃくねつ》に燃えて溶《と》けかけた箇所や凍りついた箇所、雷撃に撃たれて焦げた箇所などが、綺麗《きれい》さっぱり消えているのがわかった。

烏丸と太秦が顔を見合わせる。

「どうなってるんだ」

「脱皮《だっぴ》でもしたのかしら」

「たしかに、さっきより一回り以上、小さくなってる気がするけど」

なるほど、脱皮して傷ついた体表を脱《ぬ》ぎ捨てたと考えれば、今は無傷になっていることにも小さくなっていることにも納得がいく。

「あるいは、大根下ろしで大根を下ろしたときみたいに、自ら傷ついた表面を刮《こそ》ぎ取ったとか？」

と淀屋橋が言うと。

「なるほど……って、そんなこと言ってる場合じゃねぇえ〜っ！」

「ど、どうすれば、大泊少佐？」

太秦が救いを求める目を大泊に向けた。

「いやいや、待て待て、落ち着きなさい二人とも」

大泊にそう言われ、烏丸と太秦は少しだけ冷静さを取り戻《もど》した。

「たしかにあんな魔妖、見たことも聞いたこともないけど。あんな巫山戯《ふざけ》た芸当ができる魔妖も見たことも聞いたこともないけど」

すかさず淀屋橋が声を上げた。

「ねえ、向山君。あなた、肉のサイコロの弱点をなんとなく知っていたと言ったわよね。あれはどうなのかしら」

身動《みじろ》ぎもせずに窓の外を見つめていた向山だったが、不意に我に返った。

「あ、いえ、あれに関しては、僕にも何も……」

「そう……」

「あれのことがわからなくても、攻撃が効きにくくても、今までの攻撃で、ああして直径が二割ほども小さくなっているんだ。もう一度、集中攻撃を食らわせれば、半減するかもしれない。っていうか、きっとする。だからもう一度、総攻撃をかけるよ？」

という大泊の言葉に、烏丸たちは勇気づけられた。

（そうだな。大根だって、おろし金で削り続ければ、最後には牛蒡《ごぼう》みたいに細くなるんだ。そこまで削れれば、向山の魔技補助《アシスト》がなくても倒《たお》せるはずだ）

そう思えば、体に力が湧《わ》いてくる。

烏丸は空中に浮かべたままの液体窒素槍《ニトロジエノン》十本を発射《シュート》した。

槍は真《ま》っ直《す》ぐ魔妖のところへ飛んでいったが、槍が命中する寸前で、いきなり魔妖が膨《ふく》らんだ。瞬時《しゅんじ》に元の大きさに戻った。その勢いに弾かれたかのように、液体窒素槍《ニトロジエノン》は軌道《きどう》を乱し、あらぬ方向へと飛び去っていってしまった。

「う……嘘《うそ》」

両手で自分の頰《ほお》を押さえた烏丸の、わななく唇《くちびる》から震える声が漏《も》れた。

「嘘だろ、そんな……」

「ちっ。仕方ないわね」

舌打ちした太秦が、保持していた炎弾十個を投擲《スロウ》した。

速度は遅いが、炎弾は真っ直ぐ魔妖まで飛んでいって、そして命中した。

したのだが。

ゆっくりと肉のローラーに潜《もぐ》り込んでいく炎弾から少しずつ輝《かがや》きが失《う》せ、やがてくすんだ橙色《だいだいいろ》になって静かに魔妖の中に消えていった。

「そんな⁉　効いていない⁉　向山の魔技補助《アシスト》があるのに⁉」

太秦も両手を頬に当て、驚愕《きょうがく》に顔を歪《ゆが》めた。太秦も烏丸も、ムンクの「叫《さけ》び」を地で行くようなポーズと表情だった。

「こ、向山」

「はい、太秦さん」

「今の、魔技補助《アシスト》、ちゃんと効いていたわよね？」

それまで見たことのないような真剣《しんけん》な面《おも》持ちで向山が頷《うなず》いた。

「ええ、効いていた……はずです」

「じゃあ、今の肉のローラーは、あなたの魔技補助《アシスト》の威力を上回るような超絶巨大《ちょうぜつきょだい》な魔力を持っているってことなの⁉」

「う〜ん、どうなんでしょう。そんな感じでもないんですけど」

「じゃあ、どんな感じなのよ⁉」

太秦が眉を吊《つ》り上げた怒りの形相で振《ふ》り返った。

「すみません、ちょっと……よくわからなくて」

「使えないわね」

「使えねえな」

太秦と烏丸から同時にツッコまれ、向山が情けない顔になる。

「魔妖のことがわからないからって、僕を責めないでくださいよ。元々が記憶喪失《きおくそうしつ》なんですよ、僕」

「いいや、お前のせいだ。魔妖があたしらの魔技《マギ》を受けつけないのも、せっかく削った魔妖が元に戻っちゃったのも、全部、お前のせいだ」

「ううう。烏丸さんに酷《ひど》いことを言われてます」

「そう。烏丸曹長《そうちょう》はいつも酷い。向山もそのことを実感してくれて喜ばしい」

「喜ばしいわけあるか！　今わたしら、大変な危機に陥《おちい》ってるんだぞ？　わかってんのか、墨染！」

「わかってはいる。だからこそ今は攻撃するしかないと思うけど？」

「墨染ちゃんの言うとおりだね。ダメでもなんでも、やるしかない。なんとか援軍《えんぐん》が来るまでは保《も》ち堪《こた》えないとね。でないと、みんな死んじゃうからね？」

横から大泊がそう言った直後。

「うわぁあ！」

唐突《とうとつ》に栩辻が叫んだ。

「おい、栩辻の奴《やつ》、また壊《こわ》れたんじゃないだろうな」

「違《ちが》いますよう。東と西でも魔妖の攻撃が始まってるんですよう。北側も、もうじき接敵しますよう」

「くっそ。他《ほか》から何人か応援を呼ぼうと思っていたけど、いま人を抜《ぬ》くわけにはいかなくなったな、これは」

「魔妖の前進速度が上がりました！」

窓の外から肉のローラーを見ていた淀屋橋が叫んだ。

全員が慌《あわ》てて窓の外に目を向ける。

魔妖はそれまでとは一変した速度で転がり寄ってくる。すでに時速二十キロくらい出ているのではないか。

迫《せま》り来る肉のローラーの頂点は地上から十メートルほどの高さにある。三階にいる者の目線よりローラーの頂点のほうが高いのだ。迫り来る魔妖の圧倒《あっとう》的な質感に、烏丸は恐怖《きょうふ》する。

「このままぶつかられたらヤバいぞ」

「なんとしても勢いを削《そ》ぐんだ」

そう叫ぶと、大泊はあらん限りの力で雷撃《らいげき》を放った。降り注ぐ雷撃の音が耳を劈《つんざ》かんばかりだ。

「セッちゃん、ザミちゃん、撃《う》って！　撃って撃って撃ちまくって！」

「お、おう」

淀屋橋は自分の魔技《マギ》に速効性がないことに歯嚙《はが》みする。

（今はセッちゃんとザミちゃん、それに大泊少佐に託《たく》すしか）

怯《ひる》みかけた自分を叱咤《しった》しつつ、烏丸は新たに十本の液体窒素槍《ニトロジエノン》を出現させ。

「使える魔力を根刮《ねこそ》ぎ投入するわよ」

太秦は超高熱炎弾《リトルサンフラワー》を十五発、浮《う》かべた。

すでに建物が大きく揺《ゆ》れるほど、巨大魔妖は近くに迫っている。いくら向山の魔技補助《アシスト》で強化されているとはいえ、あの肉のローラーに衝突されたら、建物も無事で済みそうにない。最悪、建物ごと押し潰《つぶ》されてしまうかもしれない。

烏丸は紙切れのように薄《うす》っぺらくなった血塗《ちまみ》れの自分の体を想像して身震《みぶる》いする。

「くそぉぉぉ、行ったれぇぇぇ」

恐怖心を振り払《はら》うように大声で叫ぶと、烏丸は十本の槍《やり》を発射した。

太秦も十五発の超高熱炎弾《リトルサンフラワー》を放った。

大泊は、ずっと雷撃を放ちっぱなしだ。

槍は全《すべ》て命中し。

炎弾《えんだん》も全弾命中し。

無数の雷撃が降り注ぎ。

それでも肉のローラーの速度は少し落ちただけだ。

窓から見える視界が消えた。

今や窓の外に見えるのは肉のローラーだけだった。

「ダメだ、止まんねえ！」

烏丸が悲鳴を上げ。

「止まれ止まれ止まれ、このおぉぉ！」

太秦は、なおも炎弾を出して放った。

前方の窓すべてから光が入らなくなり、部屋が薄暗《うすぐら》くなった。

その直後。

肉のローラーが建物の壁面《へきめん》に衝突《しょうとつ》した。

ど――――ん、という激しい衝撃《しょうげき》音が轟《とどろ》くと同時に、無数の緑色の葉脈のようなものが、建物の壁《かべ》に天井《てんじょう》に床《ゆか》に浮かび上がった。

建物が激しく揺れた。

壁の一部が崩《くず》れ出す。

天井からは数枚のパネルが落下した。

浮かび上がった緑の葉脈が、激しく明滅《めいめつ》している。

「だっ、大丈夫《だいじょうぶ》なのか、墨染っ⁉」

顔を歪めて烏丸が叫ぶ。

ところが墨染は、

「さあ？」

と小さく小首を傾《かし》げるだけだった。

「てめ！　もっと気張れよ、こら！」

魔妖は壁面に体を押し当てたまま高速で回転し続けている。墨染の防御天蓋《ドーム》が押し負けたら、その時点で全員ぺしゃんこだ。

烏丸と太秦、そして大泊は魔妖に対する攻撃《こうげき》を続けながら、淀屋橋は窓を覆《おお》う魔妖の体と向山、墨染を交互《こうご》に見やりながら、栂辻はモニターに映し出された魔妖群の動きを血走った目で睨《にら》みながら。

建物が潰れるより先に、全員の心が絶望に押し潰されそうになっていた。

8

元の区役所から練馬駅方向に数百メートルほど戻《もど》った場所にタワーマンションがあった。

躯体《くたい》はところどころ損壊《そんかい》しているが、未《いま》だに倒れることなく、天を衝《つ》くように建っている。

その屋上に何者かがいた。

巨大《きょだい》な肉のローラーが元区役所の建物に迫っていくのを見下ろしているその何者かが、唐突に冷ややかな声で独りごちた。

「ああ、そんなところにいたんだ」

照明もネオンもない真っ暗な夜だというのに、数百メートル離《はな》れている区役所の様子がそいつには見えているのだろうか。

「君はそんなところで何をしているのかな。君は何になろうとしているのかな。何者でもない君が、何者かになれると思っているとしたら、大した茶番だね」

何者かはゆっくりと立ち上がった。

「まぁいいや。君に関《かか》わった者すべてを、擂《す》り潰してあげよう。血まみれの肉塊《にくかい》に変えてあげよう。千の肉片に斬《き》り刻んであげよう。そうすれば」

何者かが薄く笑った。

もし見ている者がいれば、その心胆《しんたん》を凍《こお》らせるほどの酷薄《こくはく》で冷徹《れいてつ》な笑《え》みだった。

「君は元の虚《うつ》ろで空っぽな存在に戻れるんじゃないかな」

あとがき

最初に。言うまでもなく本作はフィクションです。実在する地名や組織名が登場したとしても、それらと本作の内容とはなんの関係もありません。

ところで。

この巻では朱鷺《とき》瑚《こ》以下、淀屋橋《よどやばし》小隊のみんなでサンシャイン60の展望台に上ってますが、実は舞阪《まいさか》、展望台に上ったことがないんですよね。池袋は準地元といってもいい場所だったのに。まぁ、毎日うろうろしていたのは東口ではなく西口ですが。しかも、もう四十年近くも昔のことです。西口も東口も、あの頃とは一変しているんだろうなぁ。久しぶりに池袋の西口を歩いて浦島太郎の気分を味わいたいですね（笑）。あの頃通った雀荘《じゃんそう》なんか、もうないんだろうな。

私事ですが、去年の十二月に、デビューして満二十四年を迎《むか》えました。今や二十五年目に突入《とつにゅう》したことになります。二十四歳といえば、もう結婚《けっこん》して子供がいてもおかしくない年齢《ねんれい》ですよ。つまり、わたしがデビューした年に生まれた人に子供がいてもおかしくないということに。なんじゃそれは!?　という感じですね。それだけの年月を書き続けてきたわけですが、でも、まったく実感はありません。デビューしたのはほんの少し前みたいな気がしますし、「火魅子伝《ひみこ》」を書いていたのも、「鋼鉄《はがね》の白兎《しろうさぎ》騎士団」を書いていたのも、つい昨日みたいな気がします。

そうそう、去年はデビュー二十四周年であると同時に、年齢が大台に乗った年でもありました。あと、札幌《さっぽろ》移住五周年でもあった。さて、今年の十二月になると、いよいよデビュー二十五周年。四半世紀ですか。よくもそんなに長いあいだ……って、まだ一年近く先の話なので、今から感慨《かんがい》に耽《ふけ》っても仕方がないのですが。

ともあれ十二月に無事二十五周年を迎えられるように頑張《がんば》っていきたい所存です。

それはさておき。

自転車、いいですね（などと、唐突《とうとつ》に話題を変えてみる）。

去年の暮れから「ろんぐらいだぁす！」に嵌《は》まっているのです。アニメを見て面白《おもしろ》かったので、原作漫画《まんが》を全巻揃《そろ》えました。自分がもう少し、いや、少しじゃないか、あと二十歳くらい若かったら、勢いで自転車を買っていたかもしれません。というくらいには嵌まってます。

「ろんぐらいだぁす!」は、競技がメインではなく、ツーリングがメインなので、すごく感情移入できます。わたしは若い頃《ころ》、自転車ではなくバイクに乗っていたのですが、走る楽しさはバイクも自転車も共通でしょうし、旅先の美しい風景を見たり美味《おい》しい物を食べたりという素敵《すてき》な経験ができることも同じだと思います。だから、よけいに共感できるのかもしれません。主人公の亜美《あみ》がへたれだけど頑張り屋というのもいいですね(笑)。わたしがバイクに嵌まっていた頃は平気で一日五百kmくらいは走ってましたが――しかも毎週末ごとに――自転車で二日で三百km走る紗希《さき》は化け物……いや、そうでもないのか?もっとも彼女の場合、一度にカレーライスを四皿空ける胃袋は確実に化け物ですが。

しかし、それにしても。そこそこの自転車を買おうとすると、二十~三十万円くらいもするんですね。「アルパカサイクル」では、五十万、六十万の自転車も売ってたし。それ、もうバイクが買えますがな。っていうか、軽自動車も。

紗希が空飛んだとき、真っ先に買ったばかりの自転車を心配したのも頷《うなず》ける値段。いや、わたしもバイク買ったあと、しばらくして転倒《てんとう》事故起こしたんですが、転倒したときは、やっぱりバイクがどうなったか心配したから。もっとも、そのときは右手の甲《こう》を骨折していて、救急車で病院に運ばれたので、バイクどころではなかったわけですが。被《かぶ》っていたヘルメットは路面でがっつり削《けず》られた痕《あと》があったり、穿《は》いてたジーンズは破れて穴が開いてたり。厚手のインナーを身に着けていなければ足の肉がごっそり削られていたかもしれません。バイクにはちゃんとした服装で乗るのが大事と、そのとき思い知らされました。今となっては懐《なつ》かしい思い出です。

今年になって「南鎌倉《みなみかまくら》高校女子自転車部」のアニメも始まったし、自分的な自転車ブームはまだ続きそうですが、いくらマイブームでも、この年齢で自転車を漕《こ》いでロングツーリングとかはキツいし、札幌だと雪が積もる＆寒くて半年近くも乗れないので、自転車は買えませんけどね。

さて、では、次は来月に出る（予定の）「落ちてきた龍王《ナーガ》と滅《ほろ》び行く魔女《まじょ》の国」十一巻でお目にかかりましょう。

二〇一七年一月吉日《きちじつ》

舞阪《まいさか》＠初詣《はつもうで》のおみくじは吉《きち》だった　洸　拝

富士見ファンタジア文庫

東京廃区《とうきようはいく》の戦女三師団《トリスケリオン》2

平成29年2月20日　初版発行

著者――舞阪《まいさか》　洸《こう》

発行者――三坂泰二
発　行――株式会社KADOKAWA
http://www.kadokawa.co.jp/
〒102-8177
東京都千代田区富士見2-13-3
0570-002-301（カスタマーサポート・ナビダイヤル）
受付時間 9：00～17：00（土日 祝日 年末年始を除く）

印刷所――暁印刷
製本所――BBC

※定価はカバーに表示してあります。
落丁・乱丁本は、送料小社負担にて、お取り替えいたします。KADOKAWA読者係までご連絡ください。（古書店で購入したものについては、お取り替えできません）
電話 049-259-1100（9：00～17：00／土日、祝日、年末年始を除く）
〒354-0041 埼玉県入間郡三芳町藤久保550-1

ISBN978-4-04-072032-6 C0193

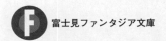

スケベでおバカな高校生イッセー君の
悪魔で下僕でなんだかウハウハで
そしてちょっとだけ熱血な
学園デモンズ・エロコメディー！
石踏一榮
ICHIEI ISHIBUMI
イラスト：みやま零
illustration : MIYAMA-ZERO
ファンタジア文庫

第30回
ファンタジア大賞
原稿募集中
切り拓け！
キミだけの
新しい〝王道〟
〈大賞〉賞金
300万円
〈金賞〉50万円〈銀賞〉30万円
〈ドラゴンマガジン賞〉
30万円
締め切り
後期 2017年2月末日
第30回特別記念
短編募集＋キャッチコピー大賞同時開催
特別選考委員
伊藤智彦
TVアニメ
ソードアート・オンライン（監督）
僕だけがいない街（監督）
選考委員
葵せきな×石踏一榮×橘公司×ファンタジア文庫編集長
「生徒会の一存」「ゲーマーズ！」
「ハイスクールD×D」
「デート・ア・ライブ」
投稿＆最新情報
ファンタジア大賞WEBサイト http://www.fantasiataisho.com/
イラスト：つなこ